浮動

公佮孫的臺語詩畫

康原／著
梁一念／繪圖

目次

輯一

望月春風

輯二

花的言語

輯三

夢想家園

輯四

恬靜懸山

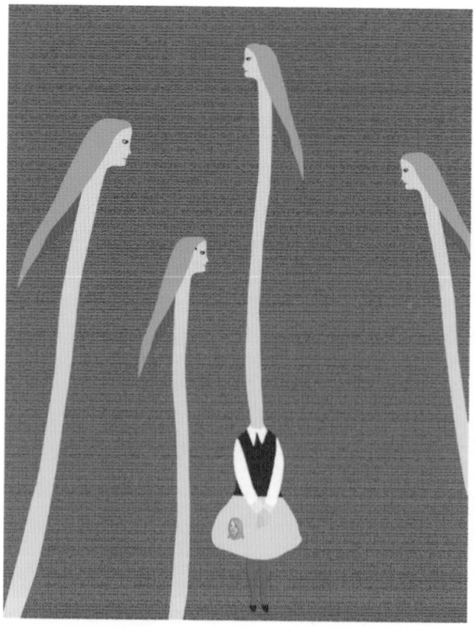

凡所有，原是一念之間

——序《浮動：公佮孫的臺語詩畫》／施並錫（前臺灣師大美術系教授）

公詩孫圖，全在反映現實，敘說夢想。真如「浮動」浮在水面，卻反應水底的狀況，公、孫就是藝術江流上的「浮動」。

拜讀公詩孫圖，以《浮動》作書名，這一詞選用得很好。臺語「浮動」就是釣魚時必備的「浮標」，是守候著希望的象徵。讓我們想法超越「釣」字，當成「與之——結緣」。人世間有緣就會串連上。而緣並非強求可得，且緣，必須要有一線牽。有緣意指「釣」到了靈感及理想，以及有意義、價值的人事物。

一、浮動

有線連結釣竿、人的手和心。置於滾滾溪河上，無論靜水或湍流。這條線堅韌不斷，它連結著故鄉記憶、親情、族群文化價值觀，根本就是接母體的臍帶。「浮標」英文buoy。buoyancy是生命活力或樂觀氣質也。若是buoy up則當「鼓舞」、「激勵」講。

在公詩、孫圖的對話中，孫畫意激發了公詩情；而公的人生體驗也豐富了孫的彩筆天地。這些種種，全都源自一念之間，故我們看到公詩孫圖的生命活力、樂觀氣質，相互鼓舞，舞出天倫親情、優雅生命的篇章。

二、一念之間

「緣起」就是起心動念。世間凡所有事，往往起自一念之間。孫畫之前尋覓靈感到運筆敷彩時，生活記憶和感受，念念相續如湧泉般；而公詩意念築起，自於有「心如工畫師」，爾後「能畫諸世間」（華嚴經偈）。

被譽稱美國最偉大小說家《飄》（Gone with the wind）的瑪格麗特·米契爾原本服務於新聞界，得老公鼓勵，在一念之間，轉為小說寫作。歷經十年，於一九三六年出版《飄》一書。一九三七年獲普立茲獎，一九三九年被改編成銀幕巨作《亂世佳人》而轟動全球。郝思嘉是作者人生經歷的寫照、性格的投射。為了追求愛，不惜揮霍一切。而公孫為了追求藝文創作，也揮灑一切。一如歷來不少名家為了追求理想，往往不惜以一生光陰，把藝術當志業，努力鑽研精進。

公詩孫畫使我想起一個樂團「告五人」有一首歌叫〈一念之間〉（Without Me），歌詞很像梁一念的畫意，十分浪漫：

當眼淚變成照片
當天真變回童年
當星星變成想念

原來我們的相遇，是需要一念之間
我會　在你熟悉的十字路口
想像　有天你會從這裡經過

以上歌詞上這些語境和孫圖的畫境十分彷彿。此時「浮動」晃動了，善緣到來，阿公在所熟悉的十字路口，拉著小孫女的手，安全地走過那小孫女並不完全熟悉的路口。一路雙雙哼歌。而所有的車輛全都在旁愉悅的禮讓著。我們看到了代代相傳（from generation to generation），而非看到代溝（gap）。小孫女可愛的主動向老阿公學臺語的意象顯現，公孫牽手向前行便成為臺灣文壇上最美的風景。

凡所有人、事、物、天地真理、人間至情盡源自吾念之間。起心動念決定吾人一生的盛衰成敗。公詩孫圖在一念之間，決定了創作興、觀、群、怨的面向。轉念關係著生命能否進階、救贖和有無希望。

蘇東坡在〈前赤壁賦〉中，對怨、慕、泣、訴的同舟友人，曉以「蓋自其變者觀之，則天地曾不能以一瞬；自其不變者觀之，則物與我皆無盡也，而又何羨乎？」之哲理。友人參悟而轉念，於是喜而笑。乃從「哀吾生之須臾，羨長江之無窮」的迷茫中覺醒。於焉更酣醉臥，不知東方之既白。

吾人常在一念之間聞道轉思而突破教條（dogma）的框限，改變對許多事物的看法，從而邂逅了真情、真愛和正向人生哲理。公詩孫畫便如是地產生了。

三、話說康原

我已記不得何時認識康原。只是感覺很久以來，便有這位友直、友諒、友多聞的益友。這位半線地帶極具代表性，且不可或缺的臺語詩人。我長期間觀察康原，在臺語詩、臺語歌創作領域擁有「同事攝」的心看世間諸相。其生命有若一個寶瓶，裝滿著關懷眾生而滴的淚水。他像白居易「我聞琵琶已嘆息」，當曉琵琶女身世後，白居易即「江州司馬青衫濕」的浩嘆。所以關心來臺的離家移工、關心臺灣不久於世的歷史圖像——水塔。關心弱勢族群，擔心即將消失的臺語文。可惜大多數臺民懿而不覺，使得康原經常扼腕。

康原生活態度十分符合佛家處理世間事的「四攝法」中的「同事攝」——即設身處地，調整自己高低度而與眾善處；對己則以「四無量心」——即慈、悲、喜、捨自處自立。

除詩作外，康原也吟唱，是另類唱遊詩人，雖已有年歲，但總現出伶俐的年輕感。有一顆不服老而要試探研究種種的赤心。因而他可自由出入童稚世界，一下子就可回到童年的世界裡，用童心來看事物。故所造之境老少咸宜。

公詩追求真實，句句立足於誠實、了解及關愛；看不見巧黠、迷信與冷漠。公寫詩，一路走來堅持向上奮鬥和尋求終極的真與美，蓋真善美的追求是殊途同歸的。

康原接納現行價值，對明天充滿憧憬。他謀求眾生的自由和生存權的伸張。果然他是人道醫生賴和的信徒，奉行賴和所主張之惜庶民、抗強權。常敘〈一桿稱仔〉的內涵。曾任賴和紀念館創館館長。

讀完了公詩孫圖，我想起一部會讓人落淚的兒童電影《鐵道小孩》。故事中三個姊弟幼時，家生變故而中衰，母代父職教導三姊弟做人處世之道。吃苦、耐勞、忍讓、低調、勇敢、善良、慈悲。三個小孩做到了，因此三姊弟冒生命的危險阻擋一列火車免於出軌災難。而這義舉卻得來改變家運及自己命運的機緣——「浮動」動起來了。最後被陷害的爸爸也安然回到家了。電影故事中的母親，賢慧而可敬。她和三姊弟之間有根扯不斷的線連續著。線的一端，不只是母愛，更是懿德博愛。母子一如公孫，都進行著成功的家庭教育。康老夫妻諄諄教誨子女有成，有學者、外商公司臺灣區總經理、珠寶設計師。內孫育恩為臺灣師大美術系畢業，考取芝加哥藝術大學碩士班，一位孫女在英國讀英國文學碩士，一念也是藝術系畢業，還有一位加拿大滑鐵盧數學系畢業，在多倫多皇家銀行工作，最小孫女就讀北藝大電影系，五位孫子四位讀藝術相關科系。

四、肆部曲

《浮動》一書分四輯：輯一「望月春風」、輯二「花的言語」、輯三「夢想家園」、輯四「恬靜懸山」四部分。範圍包括吾人四周，四時佳興與吾等長相伴山間明月及江上清風。竹鳥香花、家園尋夢、山居靜好等等美麗元素，完全以臺語詩和簡潔有力的圖繪充分表達。讓讀者似乎徜徉在濟慈、紀伯倫、朗費洛（Longfellow）、蘇東坡、辛棄疾、張先、王昌齡、周邦彥、孟郊、白居易等等大師們所構築的綺麗世界裡，引領吾人夢入芙蓉樸裡。蜿蜒又轉入「虫二」的絕妙天地。「虫二」兩字是「風月無邊」的意思。

五、孫圖特點

（一）、平面性（flatness）純，簡潔大方

由於非採用手繪，故色塊平坦，沒有雜質及肌理（texture）。色塊單純大方，乾脆肯定也乾淨。合乎現代主義所標榜的平面性，意即不必空氣遠近法之物理空間的表現。純重視色彩深淺強弱所產生的心理空間。〈偷覓〉使人會心一笑，思緒重返孩提時。畢竟，這是我們小時候常有的舉動。

（二）、自由變體，生新意涵

孫圖多採用吾人身邊熟悉的人事物。但孫圖擅長重組後使產生新意義。〈定〉中，花萼變成人臉。〈花的言語〉中花團錦簇和黑色女體的組合，錦簇下的女子，水深黑而不可測，但黑色卻成畫面強烈的鎮石。〈樹仔〉中間醫術成人形，寓意深遠，也是公詩天地人合一的詮釋。而教堂尖頂一位大型人物，給人〈屋頂上提琴手〉的聯想，也想到了夏戈爾那超現實的畫風。〈刺〉中女子吞食玫瑰，訴說生活中的矛盾，有著花香花美，卻又帶刺入口。

（三）、中間顏色，典雅不俗

孫圖善用明度大反差，致使畫面明朗搶眼。如〈風聲〉中極低明度的天空和淺色蛙頭的搭配，畫面因對比而強烈。〈花的目屎〉白色花狀雙目和淺色頭髮，對比低明度的身體與面容。

（四）、線條肯定，流暢優美

孫圖用線流動而不僵硬。〈Hope〉中黑狗身上白線，十分準確而效果佳。人臉五官的線條亦確實而到位而不生硬。

（五）、含義雋永，弦外有音

〈空〉圖，敘述人生如夢幻泡影。作者使用大小不一的圓，暗示再美麗的生命，也會消失。〈暗光獅〉畫中人癱在牆上，必定出了問題。公孫作品喜怒哀樂都有。〈祈求天公〉表述當人久旱望霓的苦，作為凡人，掙脫不了渴望之苦。〈海洋世界〉使我想到宮崎駿的「飛行城堡」，烏龜與海洋都有說不完的寓意。〈喝著〉大嘴，震撼不亞於孟克〈吶喊〉。

（六）、構圖不俗，色感優異

〈紅〉圖中，孫圖有雙腳立於畫上端角落，意味著大動能即將自角落震動至全面，公詩卻暗示那可怕的紅色擴張。「我把樹葉都染紅」絕非理想未來。〈變面〉更是小孫女對人生的洞察。〈崁〉裡暗示吾人常以鴕鳥心看世間。〈留學〉表現了阿公教孫女臺灣母語，畫中有一根看不見的線穿越時空。

孫圖構圖奇異，但不失穩定，又找不到俗套。

六、公孫登山，各自努力

公孫創作，互相激發而砥礪；不是見圖寫詩或讀詩畫圖。可說同一對象，各自表現。

《浮動》是臺灣少見的阿公傳承、阿孫接棒的藝文領域絕佳範例。公傳給孫臺灣精神和價值，此乃垂直維繫。希望《浮動》牽緣更多國人同胞發揮公孫精神而流傳之，此乃橫向流通。爾後臺灣出現「臺灣路的小孩」，有更多三姊弟，不顧危險，奮勇拯救快要〇〇的火車。讓我們 buoy up 公詩孫圖，吾人一齊 Get up and go！

寫於二〇二三年五月廿四日

去老返少，生養更多想像力

——小序《浮動：公佮孫的臺語詩畫》／林央敏（臺語文推展學會會長與理論建構者）

我年輕時，「文藝青年」這個稱謂的含義很單純，就指愛好文藝的青年，尤其指愛好文學，乃至平時就喜歡舞文弄墨，志在成為作家的年輕人，意義相當正面，我和我的許多文壇的朋友都曾經被稱為「文藝青年」，那年代的文藝青年，快則就讀高中時、慢則進入大學後都會熱衷於朋比結社，參加文藝活動，可謂名副其實。

幾十年後，出現「文青」這個稱謂，當我忽然看到「文青」一詞時，以為只是「文藝青年」的縮寫，就像「科學技術」縮寫成新詞「科技」一樣都只是語言的自然演化而已。後來才被告知所謂「文青」不等於以前的「文藝青年」，「文青」是新興的一類年輕人，彷彿有特別「裝扮」，看似有特別「氣質」，行止特別附會風雅，表現得好像很有文藝氣息，但實際未必真的喜歡文學、藝術。

到底「文青」是怎麼模樣，我至今不懂，也感覺不出，所以我曾被笑稱：與時代有隔閡，不懂社會變化，更不懂年輕人的世界。不過，我不在乎懂不懂「文青」，因為如果「文青」不只是個名詞，已演化出形容詞的詞性，或者它既是名詞又是形容詞的話，我寧可把「文青」解為：是一個誠懇熱情、一直保持活力、且勇於表現又寫作不懈的愛好文藝的青年。

這樣定義後，臺灣文壇中，若問誰（最）能兼具前述的文青特質，我最先想到的人就是康原，康原從文藝青年到現在成為耄年文青，其「文青歲數」之長超過半世紀，應是沒幾人能及了。

了解康原的人，應會覺得他好像童心未泯，一顆赤子之心，常保青春活力，所以寫了許多童歌、俗謠，同時也寫臺語詩。近年康原的寫作重心放在經營影像詩，而且有越寫越好的趨勢和成績。

最新這一本《浮動：公佮孫的臺語詩畫》，收錄八十幅圖畫及相配的八十闋詩詞小品，圖畫作者就是詩詞作者康原的孫女梁一念，梁一念初到加拿大留學讀高中期間，將她對祖國臺灣及親人的想念訴之線條及色彩，簡言之就是以她的藝術專長將自己的鄉愁描繪成一幅又一幅圖畫，然後傳回臺灣給包括康原在內的親人看，梁一念自述：「阿公看甲真歡喜，問阮咧畫啥物？」接著又說：「阮分享予阿公的時陣，佮伊講每張圖表達的意思。」於是康原有了靈感，開始祖孫合作，查仔孫畫圖，阿公按圖孵字句，孵出一帖又一帖的小詩，最後結成這本詩畫集。

這些看似剪貼又帶有版畫風格的畫作，雖構圖簡單，卻頗有含意，當然做為藝術內涵如何每個人都可以見仁見智去感受和解讀，但康原的白解應該最貼切，因為他是這些畫作的直接對話人，讀者要是像康原那樣初見畫作之時不知畫裡的乾坤，不妨一邊看圖一邊讀字，定能有所了悟！

接著我們就來看看康原的解畫詩。前面我說康原的臺語影像詩有越寫越好的趨勢和成績，是相較於最近幾年康原所出版的同類作品而言，我認為這本《浮動》的文字就文學美感來說總體上更勝於前。此外，文學作品，要使文句產生詩情畫意需要作者運用想像力（imagination），將普通的只有單純意義的字彙、字句化做具有雙重或多重歧義的意象語、意象句。而什麼是詩（或文學）的「想像力」呢？以前，我在細讀衛姆塞特與布魯克斯合著的《西洋文學批評史》（Literary Criticism: A Short History）時，曾在論柯律治與華滋華斯的第十八章的空白處寫下一句關於想像力的眉批，我說：「想像力即連結A、B；甲、乙；主體、對象的能力。」這是我對想像力的最簡單的定義。我從這本詩畫集的文字作品發現康原的想像力比之以往所寫的影像詩，乃至早期的多數歌謠作品都更具意象的美感，換言之康原好像去老返少，蓄積了更豐富的想像力。

比如第一闕〈孤單的水鴨〉：

阮是一隻孤孤單單的
水鴨　細漢飛來加拿大
予　潛鳥的翁某飼大

阮學會曉藏水沫
掠魚　來治枵
已經適應　新的天地

這闋的字面義是在寫圖畫，採擬人法由畫中的水鴨自述新生活的初始與現況，實則在隱喻畫家梁一念在異國他鄉的情形。在這闋片段型小詩中，水鴨是A、是主體，康原以略喻方式暗中連接到不明指的連結對象即孫女梁一念，造成主、客體合一，水鴨變成意象語，於是水鴨的動作、行為都成為含有雙關義的意象句。

再如第二闋〈雞公〉：

紅面雞公　喔喔啼
守信用講義氣　準時
叫阮　起床來寫詩

阮做　臺灣紅面雞公
大聲啼　喝醒番薯園的
兄弟　注意白狼的喙齒

這闕詩採直接連結法將「紅面雞公」與敘說者「阮」等同起來，第一段的手法是把「阮」的品性賦與雞公，而第二段是把雞公的叫啼或啼聲賦與「阮」，於是「阮」就變成一隻以叫啼警惕臺灣人的紅面雞公，叫所有雞群要醒悟並留神，以免我們的「番薯園」（＝臺灣＝家園＝雞群）被猇貪臺灣的「白狼」（＝中國＝外來惡棍）吞噬了。

本文隨意以本書的前兩闕為例，旨在說明康原如何運用他的想像力，並不意味這兩闕是全書中最好的作品，實際上在本書裡，論遣詞造句及內容，比這兩闕更佳、更豐富的所在多有。康原之寫作詩文向來不講究隱晦，相信讀者可以輕鬆欣賞而窺其特色與全貌，筆者就不贅言囉嗦了。

二〇二三年六月廿九日　完稿於內壢到尖石

愛的進行式：簡論《浮動：公佮孫的臺語詩畫》

——曾金承（國立嘉義大學中國文學系副教授兼系主任）

作家康原的創作力是隨著年齡而逆向增長，在詩集方面，二十一世紀以來已出版十三本，分別是《八卦山》（二〇〇一）、《日本名畫家筆下的台灣風情：不破章水彩畫集》（二〇〇五）、《快樂地：余燈銓雕塑集》（二〇〇九）、《詩情畫意彰化城》（二〇一一）、《山光悅鳥心　花語悟人情：玉山詩畫》（二〇一二）、《番薯園的日頭光》（二〇一三）、《彩染鄉情》（二〇一四）、《戀戀王功漁歌行》（二〇一四）、《花的目屎》（二〇一七）、《賴和的相思》（二〇二〇）、《台灣水塔地景風貌》（二〇二〇）、《臺灣島。海岸詩》（二〇二一）、《番薯記持。臺灣詩》（二〇二三）。我在過去十幾年的時間，寫過幾篇關於康原詩歌的論文，前述詩集中的《番薯園的日頭光》、《賴和的相思》、《台灣水塔地景風貌》、《臺灣島。海岸詩》，以及《番薯記持。臺灣詩》也都是由我撰寫導讀。這些詩集的內容包羅萬象，但可以看出康原臺語詩創作的內在思想軌跡之轉變：《番薯園的日頭光》與《賴和的相思》都是著重於彰化地區的典範性的抗爭人物（尤其是賴和）之書寫，並配合彰化的歷史、地景、人情，甚至於庶民生活面向等，這些創作面向也確立了此後康原臺語詩歌書寫的基本主題。此後的詩集雖然都能涵括歷史、地景、人情、庶民生活文化等，但可以看出康原有意識的聚焦深化，如與攝影家郭澄芳合作的《臺灣水塔地景風貌》透過水塔這個臺灣的特殊人文景觀的照片，進行延伸說明，並引入個人情感、經驗，以及各種人文脈絡，為平凡不過的各種水塔賦予新的經驗衝擊，並進行各種意義的創造。另一本與攝影家許萬八合作的《臺灣島。海岸詩》則著重於臺灣的自然空間地景，以其為基礎，並擴大視野，將臺灣的島嶼特色與多樣的海岸地景、生態、人文，甚至是人生哲理都融入詩歌之中。近期出版的《番薯記持。臺灣詩》則是將主視角投入臺灣的歷史縱深之中，畫家蔡慶彰對臺灣四百年來的歷史進行圖像敘事，康原則是進行詩歌文字詮釋，以詩歌詮釋臺灣的歷史事件，進而試圖建構臺灣的主體史觀，誠如向陽在本書的推薦序〈展現過往臺灣的美麗色緻——讀康原新詩冊《番薯記持。臺灣詩》〉中所言：

「……《臺灣島。海岸詩》寫臺灣海岸的美麗，這本新冊《番薯記持。臺灣詩》寫的是臺灣歷史、文學、物產佮人文的曠闊。前一本寫地理佮空間，這一本寫歷史佮時間，兩本詩冊會當合做伙來讀。」

王灝在〈從吟風到采風——小論康原〉一文中提出一九八四年的《最後的拜訪》是康原「從吟風轉向采風」的分水嶺，這是研究者對康原作品風格與主題變化軌跡的大致共識。確實，《最後的拜訪》之後，康原將書寫的視角投向臺灣的人文與鄉土文化，到了《臺灣島。海岸詩》與《番薯記持。臺灣詩》可謂涵蓋的空間文化與歷史縱深的極致了。當我們再期待康原的臺語詩歌進入深遠的歷史文化或地理人文的視野之時，他卻推出了這本《浮動：公佮孫的臺語詩畫》，文風似乎又走向言情的吟風了。不可否認的，《浮動：公佮孫的臺語詩畫》相較於近幾年康原的臺語詩作，少了沉痛的歷史省思書寫與對環境憂思的直白控訴；相對的，多了幾許的人生體悟與爺孫間難以割捨的親情，這是歲月淬礪後的內斂與智慧，若是將這些內容視為「吟風」，必然也迥異於康原年少時的輕愁與無邊的風花雪月了。

《浮動：公佮孫的臺語詩畫》緣起於一段跨越半個地球的祖孫之間的思念。

二〇一一年七月，康原十六歲的外孫女梁一念與妹妹梁一心飛往加拿大多倫多求學，對於這兩個小留學生，身為阿公的康原有著更多的不捨與掛念。除了利用少數時間飛往多倫多探望之外，平常只能利用週六、週日的時間透過視訊聊天，了解彼此的近況。二〇一四年，梁一念暑假返臺，送給阿公一本自己手繪的插畫手冊，康原在《浮動：公佮孫的臺語詩畫》的自序〈公佮孫的言情密語〉說：

「阮若咧想伊的時陣，就掀這本冊內底的圖，彼時陣逐張圖攏有寫出圖的題名，看圖的題名就知影心中咧想啥物，這本插圖的冊，描寫出一念心肝內的喜、怒、哀、樂的情緒，共伊咧思念的人物，自細漢一念有狡怪的個性，畫的圖表情嘛較諏古，予人感覺真激骨閣好笑的插圖。」

這是一個孫女向阿公訴說身在異鄉時的心情，是寄託，也是撒嬌，並將之轉化成兩百一十二張的插圖。

後來的將近十年的歲月，康原為這些插圖題詩，除了看圖聯想之外，更細膩的感受身在異鄉的孫女心中的點滴心事，並一一化成母語詩歌。接著，康原再將這些詩加以朗誦錄音，寄給孫女供其學習臺語，當然，寄過去的更是一分思念與關懷，這也就是康原所說的「言情密語」了吧。

而今，康原將這些詩作挑選出八十首，輯成臺語詩集《浮動：公佮孫的臺語詩畫》，將這綿長的思念之情化成詩冊，點綴於臺語詩的星空。

這本詩集的八十首詩分成四輯，每輯二十首，以下就康原所述的創作構思及個人見解提出說明。

第一輯為「望月春風」，大部分是描寫一個留學生思念故鄉的心情，透過孤單的水鴨、天星、望月的心情等元素，以換位思考的角度書寫，形成本輯的基調。

第二輯為「花的言語」，大部分寫花木、花蕊、花瓶、花園等，用花來寫少女的心情，這是阿公心目中孫女的異鄉心事。

第三輯為「夢想家園」，本輯主寫人與環境。內容有阿公、阿嬤的形影，以及對臺灣家人的思念，人際關係的體察，並擴及海洋生態等議題的描畫。

第四輯為「恬靜懸山」，本輯偏向自我省思與人事的觀照，記錄許多自我成長過程的心情紀錄，並透過貓、兔、鼠、魚等書寫生命的哲學。

從這四輯的簡單介紹中，可以看出不同於之前康原與其他藝術家的跨界合作所寫的臺語詩之角度，以往不論是與畫家合作，如不破章的《日本名畫家筆下的台灣風情：不破章水彩畫集》、施並錫的《詩情畫意彰化城》、陳子青的《山光悦鳥心・花語悟人情：玉山詩畫》及《彩染鄉情》、蔡慶彰的《番薯記持。臺灣詩》；或是與雕塑家余燈銓合作的《快樂地：余燈銓雕塑集》；還是與攝影家郭澄芳合作的《台灣水塔地景風貌》、許萬八的《臺灣島。海岸詩》，都呈現出極其強烈的康原主觀詮釋風格，也就是在臺語詩歌的創作中，康原較為傾向擴大詮釋的方式，對象（繪畫、雕塑、影像）只是一個觸媒，透過這個觸媒闡發自己的想法，形諸於詩文，呈現濃厚的個人主觀感懷與思想；然而，這次的詩畫合作雖然不免還是以康原的詮釋為主，但其中加入了深刻的親情與對遠方孫女的掛念，因而詩中的詮釋視角經常是站在梁一念的角度。

不過，數十年的創作都扎根於土地與人情，再加上豐富的人生閱歷以及深厚的學思涵養，所以在《浮動：公伀孫的臺語詩畫》也還是有著許多對環境文化的書寫以及人情世故的思考。

以孫女的角度書寫異鄉感懷

《浮動：公伀孫的臺語詩畫》基本上就是具有濃厚的親情元素，再加上康原的臺語詩是配合孫女梁一念的畫作而寫，因此在書寫時必然會不斷揣摩孫女畫作內容所欲表現的心情，自然多了些換位的想像內容。另外，當詩人思念親友時，經常會以自己的心情去揣測對方，如唐朝詩人韋應物的〈秋夜寄丘二十二員外〉：

懷君屬秋夜，散步詠涼天。山空松子落，幽人應未眠。

韋應物因為思念在臨平山隱居的好友丘丹而無法入眠，所以當他起身散步的時候也想像著遠方的好友應該會思念韋應物而未眠吧！這是詩人的可愛與友情之單純，明明是韋應物思念丘丹而不能入眠，但作者卻要想像丘丹也因為思念自己而無法成眠，這是對這份友情的肯定與相信，因為自己如此的思念對方，想必對方也是如此的思念自己。

康原自己對孫女有著滿滿的思念與不捨，不免時常想像身在異鄉孫女的孤單與思鄉的情緒，所以透過孫女一念的插畫，康原寫了許多自己為孫女設身處地想像形成的詩句。

輯一「望月春風」的第一首詩是〈孤單的水鴨〉：

阮是一隻孤孤單單的
水鴨　細漢飛來加拿大
予　潛鳥的翁某飼大

阮學會曉藏水沬
掠魚　來治枵
已經適應　新的天地

在一念的畫中，一隻水鴨踩在一條大魚背上，猶如站在水面，水底下魚兒密布。就畫面而言，給人的感覺是這是一隻悠然且生活無憂的水鴨；但在阿公的眼中，首先聯想到的是孤單與寂寞，至於水下的魚，是必須經過訓練與經驗的累積才能捕捉到。因此，看到同樣的插圖，會因為情感不同與牽掛的有無而有不同的理解，在康原的眼中，詩的上半段出現了幾個要素：孤單、年紀小、需要被照顧，這些想像構成了阿公的擔憂；下半段則是經過時間的淬鍊與成長，水鴨已經會潛水捕魚，在資源豐富的多倫多這個新天地已能適應發展。可見在康原眼中，看畫的心情是有歷時性的變化，只有出自最深的爺孫之愛才會體會這麼細膩。這首〈孤單的水鴨〉放在詩集之首，應有開宗明義的意義：

在阿公康原的心中，孫女是一隻孤單的小水鴨漂泊在異鄉，心疼孫女的他，總是希望能得到好心人的照顧；在經歷時間的磨練後，在阿公心目中的小水鴨堅強、獨立，而且在自己的天地中優游自得，雖然依舊掛念，但多了肯定與驕傲。

〈相思〉則是多了一份憂心：

姊妹花　離開臺灣
親像兩片幼穎　飄落
北美多倫多的　樹葉
予冷風佮白雪　凌治

相思　敢是一種病
食袂落　睏袂去
阿母佮親人形影規心內
目屎　拼袂離

插畫中，一位母親形象的人物從水裡露出上半身，俯視著站在石頭上身形相對細小的女孩，就畫面空間比例而言，小女孩顯得孤單而弱小。因此，康原就將姊妹倆比喻成兩片嫩葉，從臺灣到多倫多，想必是歷經環境的磨難與孤單的折磨，豈不令人擔憂。詩的下半段則是進入了情感想像，圖畫中巨大的母親形象，是孩子心目中的依靠，當依靠不在身邊時，思念就縈繞於心了。

〈星〉也是站在遠方孫女的視角、心境所作：

暗暝　星光
閃閃爍爍
離開故鄉的路途
千里

外國的塗跤
冷吱吱
細漢的伴，走去
佗位覕？

孤單的時
恁是阮心中的
星

孤單的時候，會仰望天空尋找熟悉的天星，或是透過天星，寄託對親友、家鄉的懷念。但星光稀微、閃爍，總是給人更加孤單、淒涼的感受。這首詩分成三段，第一段先寫出空間的距離感，微光的星星猶如掛在遙不可及的遠方，更像自己身在遠方的孤獨感；第二段寫出陌生感，「外國的塗跤　冷吱吱」，這是一種踏在他鄉土地的淒涼感，當然，真正冷的除了土地，還有心中缺乏親友的淒涼；第三段為總結，孤獨的異鄉女孩將一切的希望寄託於星星，此時的天星又代表著希望，有如高掛夜空中指引方向的星辰。

其餘類似以孫女角度書寫異鄉情懷的詩還有如〈窗仔〉：「暗暝　少女內心的孤單／這個世界是予人　無奈／關袂起彼扇哀愁的心窗」，詩中的窗戶有兩層象徵，一層是傳統對窗有遠望、期盼的象徵，表現出孤獨的異鄉女子內心對家鄉、親人的期盼；另一層是憂愁的象徵，當盼望不得之時，窗變成一種無盡憂愁的侵入口，但卻無法關閉，只能讓無盡的哀愁不斷滲入。另外〈紅鶴〉則是透過一個女子牽著六隻紅鶴的剪影，書寫對母親的思念：「將思念母親的形影／畫作　一陣一陣／溫柔的紅鶴」，康原將圖像中的鶴，聯想為象徵祈願和祝福的紙鶴，代表著異鄉遊子對母親的思念與祝福。

本書是以親情為基調，透過孫女的畫以及阿公的臺語詩串起了祖孫之間的情感與關懷，孫女一念以插畫抒發異鄉生活的點滴，阿公康原以讀畫的理解加上設身處地的思考，創作出一首首思想細膩的詩歌。康原原本就擅長透過各種外物的聯想，再馳騁想像去書寫動人情感文字，如〈玉山〉的詩句：「日頭光　永遠照著／面肉白泡泡　幼綿綿／天光　雲霧為你梳妝」，這首臺語詩以玉山的「玉」興起聯想，並擬人化其猶如天生面白細致的女子，接著再將日光照射、雲霧繚繞的畫面比喻為玉山梳妝，增添其外在的嫵媚。只是這次康原嘗試將這份細膩的詩才書寫孫女的內心世界，總是多了幾分疼惜與不捨。

對現實環境的批判與關懷

雖然《浮動：公伶孫的臺語詩畫》是以祖孫之情為基調，但康原的才性卻是根源於土地的關懷，承接自賴和的抗爭敢言精神，因此在本書中還是透過孫女一念的插畫抒發個人對時事的省思與批判。不過，隨著年齡的增長，康原的筆鋒不再直白尖銳，反而多了幾分沉斂與老辣。比如過去曾寫〈假的世界〉這首臺語詩批判二〇一四年頂新的「劣質油事件」，就寫得很直白：

永遠　毋承認是假的
頭毛　七十外歲攏無白
是食著　健康食品
銅葉綠素的棉仔籽
彼種　高級橄欖油？

大統的油貼上　味全的
標頭　健康三利多
濟病
食袂老
死袂臭

油品　頂新的文創產業
予棺材店有

福懋　的好生理
失德　油洗洗的
生理人

康原在劣質油事件之前與頂新和德文教基金會是有合作關係的，如二〇〇五年出版的詩畫合集《日本名畫家筆下的台灣風情：不破章水彩畫集》就是由頂新和德文教基金會出版。但一碼歸一碼，面對大是大非時，他還是選擇嚴厲的批判，從詩中可以看出他的憤怒明顯表現於字裡行間。

而在《浮動：公佮孫的臺語詩畫》中，面對海洋的汙染，康原同樣是極力批判，但用字卻相對平和，以〈海洋世界〉為例：

放烏煙的
怪物
將伊的屎屎尿尿
流入清氣的海洋世界

予海水變有臭味
各種生物
魚仔、海豬、海龜

揣無

泅水的所在

這首詩配合的圖畫是一隻大海龜背負著一座工廠在海洋中游著，工廠上的煙囪正冒著黑煙。康原透過大海、海龜、工廠冒煙的煙囪，自然聯想到當前的海洋汙染。詩的內容直白易懂，對於海洋生物所造成的傷害，僅以「揣無　泅水的所在」一句帶過，貌似平靜，但細思即可明白海洋生物無法潛游，將是毀滅性的災難。

康原對於對岸的步步進逼也非常不滿，經常在詩文中有所反應，在《浮動：公佮孫的臺語詩畫》也有同樣的題材，但內容多具象徵性，如〈雞公〉：

紅面雞公　喔喔啼
守信用講義氣　準時
叫阮　起床來寫詩
阮做　台灣紅面雞公
大聲啼　喝醒番薯園的
兄弟　注意白狼的喙齒

康原以紅面公雞自居，如同《詩經．鄭風．風雨》：「風雨如晦，雞鳴不已。」以報晨的公雞比喻處於險惡環境中也不改變其操守的君子，並且時時能警惕，提醒臺灣人留意對岸。

類似的主題還有〈紅〉：

紅色的漆　擦甲
規塗跤
紅色的
血，予阮
無位通徛

江山變紅
一寸江山一寸血

流袂了的紅色
惡夢

插畫的內容是一雙站在角落的腳，一隻手拿著沾有油漆的刷子，腳邊擺著油漆桶，除了雙腳所立之地以及油漆桶擺放之處以外，地板都已被刷成紅色。原本的插畫可能帶有幽默，揶揄那些做事缺乏計畫的人。不過，康原注意到地板上的紅色油漆好像不斷向人逼近，最後只剩下牆角的一點立足之地。紅色顯然代表中國，不斷逼近的紅色油漆，就像對岸的壓迫一般，成了幾乎無立足之地的臺灣揮之不去的夢魘。

對現實社會的批判、省思之作有〈花的言語〉：

社會　真濟戇人佮諞仙仔
社會人　袂恨予個詐欺
干焦　會恨
專門　拚破諞仙仔雞胿的人

戇人佮諞仙仔組合的
社會　親像這束花
花　花　花的世界
詳細看　諞仙仔覕佇佗位？

這首詩中「社會人　袂恨予個詐欺／干焦　會恨／專門　拚破諞仙仔雞胿的人」，反應的社會現象就像一般人所說的：解決不了問題，就解決提出問題的人。社會中的偽善與鄉愿，使得詐騙行為充斥，因而被冠上「詐騙之島」的汙名。因此，康原透過這首詩，強調要能在如同花朵般美麗的外表裝飾之下，揪出隱藏的詐欺與邪惡。

類似的還有〈掩〉：

真濟人
掩著阮的目睭

予阮看袂著人間
不平的代誌
永遠存在

袂當見光的工課
咱攏毋通去做
雞卵　密密嘛有縫

這首詩是搭配一幅雙眼被無數雙手遮住的人像畫，人像是簡單的白底，遮眼的手是相對深色的酒紅，顯得相當突兀。主要是強調社會上許多為非作歹的人，總是試圖掩人耳目，妄想遮住別人的眼睛，以為看不到事情就不存在；然而，事實上，要想人不知，除非己莫為，只有行正道才是人生唯一的正途，掩人耳目只是一時的，也是自我欺瞞的行為。

康原長期以來對臺語文化的推行而努力，在他的《八卦山》就說過：「因為這款詩上介親切，上介接近咱的生活，親像惟土地發出來的花蕊」。後來在〈走揣台語詩的心情〉更明白且完整的表示：

……攏總寫過六本台語囝仔詩歌，這詩歌主要想欲保留台灣的語言文化，……記得阮咧寫《八卦山下的詩人林亨泰》的傳記時，林先生講過：「『台語』乃構成『台灣文學』最自然而首要的基本條件……我深深覺得自己用日文寫過詩，用華語寫過詩，就是未曾用自己的母語寫過詩，這是自己詩創作的一大遺憾。」這句話予阮一種啟示，所以阮立誓一定要用母語寫一寡詩集。

這些努力雖然可見成果，但康原猶不滿意，因而寫下了〈見笑〉：

母語詩　寫十外年
毋知　敢有人看見？
毋知　敢有人了解？
毋知詩，敢有
價值？

覕佇台灣人身軀邊
揣母語
予家己人放拍毋見的
言語
若無法度揣轉來
無面去見
祖先

詩中有種恨鐵不成鋼的無力感。事實上，十餘年來，康原在臺語的推行的成果是有目共睹的，但使命感強烈的他總是覺得未達預期。「予家己人放拍毋見的 言語」，很多臺灣人還是不會使用身邊的母語，甚至於在過去的語言教育影響下，認為臺語是粗俗的語言，這是康原痛心之處，因而有自認未竟全功而將責任感轉成愧疚感，於是才有無臉見祖先的自責。

在《浮動：公佮孫的臺語詩畫》也有透過圖像表達對社會環境的關懷之作，如〈祈求天公〉：

天公啊！　田地
已經變龜殼
一痕一痕
等無天公的喙瀾
天公啊！
請予土地
一點點仔茶水

雷公有咧講
烏鴉吼入山
棕蓑提來幔

干焦看著爍爁的光
天公啊　請你緊落雨

臺灣近年無颱風，雖然少了災害，但也少了雨水的挹注。康原在創作本詩集時，是臺灣水情告急的時候，他以焦慮、期待的心情寫下這首詩，表達為生民請命的心情。

承接賴和文學精神的康原就像一個社會詩人，要對現實發出批判，首先要寫出大家看得懂的詩歌，中唐詩人白居易就深諳此道，在他的〈新樂府序〉中明言：「其辭質而徑，欲見之者易諭也。其言直而切，欲聞之者深誡也。其事核而實，使采之者傳信也。其體順而肆，可以播於樂章歌曲也。」用字淺近，易於使讀者知曉，批判的對象直切，使聽者有所戒惕，內容真實，能夠流傳且取信於人，文字書寫有韻律感，可以配樂演唱。康原的臺語詩原本即有針對社會現實的不平之鳴，且能言之有據，多數能披之管弦，增加其流傳的效果；而《浮動：公伃孫的臺語詩畫》更是一改之前較為激憤露骨的批判，轉為深沉老練的筆法，但卻又能明白如話，使詩歌的實用價值更高。

從人生的經驗淬鍊的智慧

康原從二十歲正式在報刊發表作品後，早期創作以散文為主，為了寫好散文，年少的他除了細心體驗、觀察生活之外，也廣泛涉獵各種學門知識，在《霧谷散記》的序文〈漫談散文—代自序〉說：

要寫好散文必須研讀邏輯、美學、哲學、心理學、社會學、倫理學、佛學等專門學問，要廣泛的涉獵。……社會一切事情都是寫作的題材，周圍的人都是作者觀察的對象，對於別人的喜、怒、哀、樂，我們都要隨時觀察他的一舉一動，……創造性思想該可說是一種所謂的「靈感」，在一種朦朧意象幻化成的思維，將這意象的或抽象的東西，在自己的思維過程中，重新加以組合，然後用文字表現給別人。

數十年的不斷研究各種學問，再加上長期田野調查的經驗累積，康原的詩歌作品有著深刻的人生智慧，卻又不流於晦澀。除了表現自我的人生經驗之外，勤於閱讀的康原，在本書中也經常將名人的創作思維鎔鑄於作品之中。

康原的〈花〉談的是外物與人的心境之關係：

壁邊　開出兩蕊相借問的
玫瑰花　敢是互相探聽
對佗位來？
欲去佗位？

花恬恬仔　開
慢慢仔　謝
到底為啥人來開？

花是不自由的，它們的生命是定在一處，隨著季節環境而改變，幾乎毫無自主能力，花開花謝若無人關注，終將是猶如不存在一般的存在。如同王維〈鳥鳴澗〉所說的「人閒桂花落」一般，玫瑰花不知為誰開，甚至於不曉得自己為何要開，但只要有了人的觀照，它們的存在就有了意義；相對的，人的心境如果悠閒，才難觀照花開花謝的美麗與哀愁。這就萬物靜觀皆自得，重點非外物的存在與否，而是人能否靜觀自得。

而〈圓〉則是一種修養處事的哲學，詩句中有「做人　內方外圓的／原則／東方的人生哲學」，這首詩是比較東西文化不同所造就的不同人生哲學。西方人重視自我表現，對於事物的觀感表現較為直接，尤其是東方人在西方的世界中，經常受到直接的排擠，如同詩中所說：「滿頭烏　佇白人世界／真生疏　定會行無路」，因此，秉持內方外圓的處世哲學，在西方世界才能既保持個人的原則，又能與外在環境和睦相處。

在《浮動：公佮孫的臺語詩畫》的輯四「恬靜懸山」中，康原引入了許多西方的詩人、哲學家事蹟進行探索，這是他以往較少涉獵的創作元素，也是本書中值得留意之處。在〈夢想家〉中，談到了盧梭的《懺悔錄》：

用全身的氣力　做夢
飛天　鑽地
雲遊太空
追　一个自由自在的
快樂
夢想靈光

安慰空虛心肝
盧梭佇懺悔錄內底
看衰　強權就是公理
伊將　家己飄撇的靈魂
交予十九世紀的
浪漫主義

盧梭的《懺悔錄》是赤裸裸揭露自己內在世界的自傳，在創作中完全達到個人的自我反省與心靈的自由追求，這是〈夢想家〉上半段所欲表達的個人自由狀態。下半段談盧梭對道德社會的主張，在《社會契約論》中，盧梭反對「強權即公理」，他說：「暴力是物理力量，我不知道它如何能產出道德。屈服於暴力是必然的行為，但絕非自願，所以這必須是謹慎的行為。由此，強權怎麼能成為道德責任呢？」強權可以服人之口，但不能服人之心，更不可能取代道德。另外，盧梭代表的初期浪漫主義思想是以情感來反對理性，以道德來批判文明，並開啟了審美的現代性。本詩主要強調思想家除了對自我內在哲學體系的建構之外，如何引領眾人反抗強權，走向進步才是最大的價值。

古希臘科學家阿基米德為後世奠定重要的科學基礎，尤其是他針對槓桿原理所說的名言：「給我一個支點，我就能舉起地球。」槓桿的支點，成為事物的關鍵代表，康原也透過詩歌，表達臺灣的重要性。〈撟仔〉如此寫著：

細粒的島嶼佇大海中
搬演重要的角色
親像阿基米德　彼支
撟仔　搬動地球

徛做
阿基米德的支點
島嶼
影響自由世界
佮專制霸權
輕
重

透過阿基米德對槓桿的自信陳述，康原也自信的說出臺灣的地位之重要。臺灣在國際的地位舉足輕重，雖然位於太平洋西側的一個小島，但卻像是一個支點般，以自由世界的姿態，制衡著對面的專制霸權。

另一首〈阮是貓〉則是書寫夏目漱石：

貓　跤步輕輕行過
顧人安全的

路口
夏目漱石　彼隻貓
歇佇
阮的頭殼內

這隻貓
偷偷咧笑
笑世間
有智識無路用的人

夏目漱石的《我是貓》是以貓為第一人稱視角，細膩的體察周遭人、事、物，內容對知識分子的諷刺極為深刻。透過貓的眼，看到了人的身上比貓多穿了一層衣服，在貓的眼中這是多此一舉，影射知識分子是戴著面具，偽裝成道貌岸然的紳士。康原的詩中說夏目漱石的貓「歇佇　阮的頭殼內」，就是認同貓眼中的所見，因此，最後的「有智識無路用的人」是指明治維新期間的讀書人雖然熱中學問，但卻不諳世事，又缺乏應對時局變遷的行動能力，日常表現荒唐，可謂是一群被時代淘汰者。現今社會又何嘗不是如此，象牙塔裡的知識份子不能學以致用，空談學問，也是有知識而無路用者。

康原是一名文學實踐者，平日所學又多廣博，想像力更是豐富，再加上人生經驗的累積，淬鍊出的智慧展現在這本詩集中，也是值得關注之處。

餘音：沉澱後的從容

康原每次推出新的作品總是令人驚豔，當他在《番薯園的日頭光》中以臺語詩為賴和立傳時，總覺得已經到了一個高度了。結果，在《台灣水塔地景風貌》中，他將視角一轉，投射到我們熟悉到不可能注意的水塔，並將這種特殊的人文地景加入個人情感、經驗，甚至於歷史、文化與人文脈絡之中。此後的《臺灣島。海岸詩》與《番薯記持。臺灣詩》分別就臺灣的海岸空間與歷史縱深進行書寫。正當我們以為時、空的書寫已經寫盡之時，他又給我們送來一份驚喜：《浮動：公佮孫的臺語詩畫》，這本書的內容再度從外放的視野轉向內在心靈探索，包含親情、社會觀感與個人哲思。這本詩集的成書過程也別具意義，源於一段祖孫之間跨越海洋的圖像與詩歌交會，孫女梁一念的插畫，在阿公康原的眼中都是情感的符碼，他再將這些符碼轉化成各種心情，揣摩異鄉孫女的臺灣女孩心事，以及人事的種種思考等等。或許是祖孫情柔化了這本詩集，我們可以從詩作中看出不同於以往大聲疾呼的康原，就算是寫到痛心疾首之處，也是以內斂的文字含藏其中，交由讀者細細品味。我想，這就是生命歷練的沉澱後所展現的從容吧。

公佮孫的言情密語

康原

二〇一一年七月初二，兩个查某孫一念佮一心，坐飛行機去北美加拿大的多倫多，做小小的留學生，彼時陣阮真正毋甘，罵個爸母實在殘忍，囡仔細漢就予孤單生活佇他鄉外里，北美洲的天氣真寒，路頭真遠閣無親情朋友踮厝邊，若發生代誌真正叫天天袂應，叫地地袂靈。查某囝佮囝婿攏講愛予個學習獨立。阮兩个老翁公婆只有為這兩个查某孫祈禱，嘛懇求佛祖鬥保庇個平安無事，早日完成學業轉來臺灣。

到今仔日已經十偌年，這段時間個兩个姊妹仔完成高中、大學的課程。梁一念佇二〇二〇年畢業佇多倫多安大略藝術大學 OCAD，畢業以後佇多倫多 Marketing Automation Canada 做廣告設計；梁一心畢業佇 Watreloo 滑鐵盧大學數學系，這馬入去多倫多的皇家銀行上班。這兩个姊妹仔佇學校讀冊的時陣，二〇二二年進入多倫多台商會做義工，服務臺灣的同鄉，佇個讀冊的時陣，予真濟前輩牽成佮幫忙。二〇二一年六月梁一念為著報答臺灣鄉親的照顧，伊接任多倫多臺灣青商會會長，梁一心接任多倫多臺灣青商會財務長，希望以後也會使為多倫多少年的臺灣青年服務，為臺灣做一寡仔代誌。因為有真好的表現，佇二〇二二年一念予人選作國際青年的親善大使，九月十一日接受臺灣僑務委員長童振源的頒獎，受著加拿大多倫多臺北經濟文化辦事處處長陳錦玲觀照佮愛護。

佇這十年中間，阮兩个老翁公婆仔，佇個歇熱的期間，二〇一三年、二〇一七年這兩冬的暑假，攏佇多倫多蹛兩個月，佮個生活做伙，看個咧學習的過程按怎生活，按怎學習做人佮辦事；這十年中間是對囡仔轉大人的過程，是真重要的學習階段。阮轉來臺灣以後定定想著這兩个查某孫仔，佇二〇一四年梁一念轉來臺灣歇熱，送我一本伊的插圖手冊，佇第一頁寫著：獻予上愛的阿公——阿念。阮若咧想個的時陣，就掀這本冊內底的圖，彼時陣逐張圖攏有寫出圖的題名，看圖的題名就知影心內咧想啥物，自細漢一念的個性就較狡怪，這本插圖的冊，畫的圖表情嘛較趣古，予人感覺真激骨閣好笑，描寫出一念喜、怒、哀、樂的情緒，共伊咧思念的人物，攏畫畫入去。

這本畫踮小魚《且說魚趣味》的空白筆記簿內底的圖像，變成阮數念一念、一心的時陣，提出來掀掀看看的圖像天書，若親像公佮孫的傳情密語。攏總有兩百十二張的圖，第一張圖是畫伊家己讀大學的第一年，圖像喙笑目笑，倒手擛懸懸，頭殼頂懸寫「Freshman」，圖下跤寫著「大一」，中英文對照，嘛有畫厝內的親人、阿公的面腔、佮伊上好的狗仔、伊家己的表情，最後一頁是畫臺灣地圖，畫題是「Home」，用想厝做結尾。這本冊攏囥佇阮的皮包仔內底，閒的時陣想著這兩个北美洲的查某孫仔，就提出來看伊畫的圖、數念個的形影佮笑聲。

每一禮拜的拜六抑是禮拜日，這兩个查某孫仔攏會用手機仔的 Line 敲電話予阮，報告個一禮拜的生活情形，透過手機的影像看個一日一日大漢，解消阮心頭的鬱卒。有一工一念共阮講：「阿公，以後咱講電話的時陣，咱來講臺語。」阮的心肝頭雄雄搐一下，是按怎這兩个佇臺灣攏講華語的囡仔，較早叫個講臺語攏無愛，這馬是毋是「暗頭仔食西瓜，半暝仔反症。」佇外國才欲學臺語？阮真好奇就問伊：「是按怎這馬才想欲來學臺語？」「阿公，阮佇多倫多，真濟外國人攏認為阮是中國人。」一念閣講：「中國人佇多倫多予人歹印象，阮若講臺語較袂予人叫是阮是中國人，阮若講臺語佮個講話有精差，就知影阮是臺灣人，毋是中國人。」我聽了心內咧想，這馬個已經知影語言毋但是溝通的工具，語言是族群的符號，代表著這个族群的性命，也會使予人分清楚無仝的族群。

阮的心內感覺真歡喜，隨喙共伊講：「若按呢好。講電話用臺語以外，阮共你這幾年畫的插圖，逐張插圖寫一首臺語詩，閣錄音寄予恁，也會使予恁學語言佮臺灣詩。」阮心內咧想，一念這幾年若想厝佮親人的時陣，用畫圖來解心悶，阮會問一念畫遮的插圖的心情。當阮咧寫這寡仔臺語詩的時陣，攏對圖面去想一念創作的心情，來寫阮的詩。

這擺一念畫的圖攏無題名，阮對伊的圖面構圖、色彩、表情、符號去想伊欲表達的思想佮感情，因為圖像是引發阮創作詩的原點，加上阮對伊生活上的聯想，伊捌對阮講過的言語，閣用阮的角度去思考，阮的創作毋是看圖講畫，親像有一張圖，是佇房間內咧讀冊，阮想著伊去留學，閣咧講欲學臺語的問題，阮徛佇伊的觀點來寫詩，所以共詩題寫出〈留學〉學語言的心情：

出來外國　留學
逐工　愛背ABC
寫著　豆菜芽黏做伙的字
阿母　教阮的言語
阿公咧唸的俗語佮歌詩

漸漸來
拍毋見

這首詩寫著真濟臺灣人主張愛學英語，漸漸共家己的母語放袂記的事實。另外，阮看著伊一張圖，畫一个查某囡仔坐踮窗仔邊，面對窗仔外的天星，佇阮的經驗內底窗仔是厝的目睭，拍開窗仔親像拍開家己的內心，所以阮用〈心窗〉來描寫：

窗仔　拍開厝間的目睭
看見　天頂閃閃爍爍的星
天公伯仔　笑微微
月娘是快樂的　仙女

窗仔　是悲哀的
暗暝　少女內心的孤單
這个世界是予人　無奈
關袂起彼扇哀愁的
心窗

這首詩運用「星」、「月娘」、「仙女」、「暗暝」、「窗仔」的意象，去表達一个離開故鄉真遠的留學生，孤孤單單坐踮窗仔邊，透過暗暝的景色，星光的閃爍，月娘的象徵，寫一个旅外學生的哀愁。仝款有一種流浪他鄉外里的情形，畫出孤單一个人，行佇充滿著寂寞佮冷冰冰的暗時，有溫庭筠「雞聲茅店月，人跡板橋霜」的孤單情景，彼款雞聲予人心寒，阮借用「月到中秋分外明，每逢佳節倍思親」的詩境，來描寫這張圖的詩〈中秋〉的孤單：

中秋暝　月娘的光照著
白泡泡　雪頂孤單的
浪子形影

匀匀仔　一步一步
向前行，風
閃過阮身軀邊
攏無
相借問

一念除了想厝、懷鄉的圖有畫真濟以外，有一寡仔佇學習過程中的壓力，予伊感覺袂喘氣，有一張圖真寫實，畫一个囡仔擛真濟物件，表現出接載袂牢的姿勢，農業社會中，爸母出去做工課，定定是大一歲的阿姐偝細漢的妹妹，這款情形佇臺灣俗語會用「三兩貓咬四斤鳥鼠」來比喻，所以阮才會寫〈貓佮鼠〉的這首詩：

細漢　細粒子的
阿妹仔　偕阮
阿母攏講伊
三兩貓咬四斤鳥鼠

這馬　個性賭強
毋認輸的阮
恬恬夯起　做大姊的
擔頭　啥人知影
重量偌濟？

一念有一張較抽象的圖像，阮看起來有「流水」的模樣，阮共這條溝仔水看做伊人生的學習過程，透過溝仔水的特色，來講性命的一寡仔哲理，對內山流對海底，親像咱人的生命過程，阮用〈溝仔水〉來寫：

對深深的內山
流入茫茫的大海
沿路行路

輕鬆唱歌

暝連日
日連暝
你敢知
阮的歌聲是歡喜
抑是悲傷？

伊有畫一張老人孤單咧啉咖啡的圖，燒滾滾的咖啡杯仔衝出來的煙霧，掩崁佇老人的目睭，阮共想做這是伊咧思念阿公畫出來的圖，所以阮著借圖來寫阮的心事，寫這个老人有真濟心事，咧想真濟代誌，所以阮寫〈頭毛佮貓毛〉表達出伊想阿公，阿公的心事嘛是有思念孫仔的感覺：

予時間染白的頭毛
親像溝仔底的菅芒花
秋天的季節到矣
阿公的頭毛崁一重雪
面皮開真濟溝仔

流袂了的雪　化成
血水

頭毛若白　冬天就到
輾落西爿海中的
日頭　心事較濟
貓毛

伊嘛有關心著地球、工場的汙染問題，除了排出烏煙的廢氣以外，嘛有廢水流入海洋底，海底的生態受到影響，看著這張圖面，阮用〈海洋世界〉去寫這首詩：

放烏煙的
怪物
將伊的屎屎尿尿
流入清氣的
海洋世界
予海水變成有臭味
各種生物

魚仔、海豬、海龜
揣無
泅水的所在

一个創作藝術的人，伊畫的圖表達出伊的心情佮關心的代誌，佇一念讀冊的時陣，看著的是學校佮伊身軀邊的生活，一工一工攏是重複的，是一種無聊佮無奈的代誌。猶會記得卡繆講過一句話：「無啥物比無局佮重複無味的人生較痛苦。」每一个人攏無愛重複仝款的代誌。這馬伊大學畢業進入社會服務，接觸的人佮代誌慢慢仔無仝，畫的圖像應該較有社會性，若無伊就會轉向對家己內心世界的深入探討，親像這首〈花矸佮花蕊〉：

一蕊　揣無適當花矸的
花恬恬仔開佇花園內
蝶仔、蜜蜂
相隨

花矸　若是無插花
無論伊　按怎變換姿勢
攏無法度
有春天的
氣味

這張圖是畫一个少女的自畫像，囥佇大細兩个圓箍仔內底，予阮想著攝影家羅蘭．巴特捌問過：「當咱看一張人物相片的時陣，咱看著啥物？」這句話予阮想起這張圖片是畫的，這个圓箍仔阮共看做一面鏡，相囥佇鏡內有一種反省的意義存在，孔子公嘛有講：「吾日三省吾身：為人謀而不忠乎？與朋友交而不信乎？傳不習乎？」這是咧講做人的一種自我反省；但是這張圖阮用少女思春的角度去書寫，嘛是阮家己的內心想法，若親像咧臆查某孫的心理仝款，這款的年紀的少女，一定會有伊的感情問題。

公佮孫的言情密語，用插圖佮臺語詩的對話發表，這內底有阿公離開查某孫的心酸，孫仔去外國讀冊所遭遇的困難佮思念故鄉的哀愁，也是公孫放伴思念溝通的心橋，嘛是阿公為孫仔欲學臺語佮文學設計出來的課題，伊的圖若一直畫、阮的詩嘛一直寫，阮看伊的圖、伊讀阮的詩，透過這款方式來化解公孫的思念，嘛是萬里親情相倚並的見證。

將近十年來，一念畫圖、阮寫詩，做阿公佮孫仔親情溝通的心橋，這馬阮選出八十張圖配詩，用《浮動：公佮孫的臺語詩畫》做冊名來出版，規本冊分做四輯：

輯一「望月春風」，大部分是描寫一个留學生咧思念故鄉的心情，看著孤孤單單的水鴨、中秋佇他鄉看著月娘、天星，佇家己孤單的時陣，攏會想起臺灣的親情朋友，一念透過畫筆來記錄伊的心事。

輯二「花的言語」，這部分寫花、花蕊、花矸、花園等等，用花來寫查某囡仔的歡喜、受氣、悲哀的心情，帶有一寡仔暗示、象徵、比喻的寫作技巧，透過一念的圖面，去寫伊的思想佮感情。

輯三「夢想家園」，有阿公、阿媽的形影，對臺灣厝裡的人的思念，留學生的鹹酸苦汫的經驗，嘛有讀冊的心情，對人情世事的感慨，閣有人佮人關係的觀察，嘛關心海洋生態佮社會變遷的情形。

輯四「恬靜懸山」，透過照鏡的動作，寫真濟自我的反省，佇成長過程的心情記錄，透過貓、兔、鼠、魚寫性命的哲學。出版這本冊主要記錄兩位公、孫的感情，透過孫仔學臺語的代誌，紀念一位臺灣老人佮加拿大孫仔，透過畫尪仔佮臺語詩做傳情的密語；嘛會使分享予外國的臺灣囡仔，為想欲學母語的人提供另外一種方法，俗語講：「有心拍石石成金」，只要咱若有心，不管想欲做任何代誌，每一个人攏會當揣著伊家己的方法。

感謝文

佇欲出冊進前，阮愛感謝為這本冊踏話頭的施並錫、曾金承兩位教授、詩人林央敏老兄。嘛感謝為這本冊朗讀佮配樂的全國語文競賽閩南語演講教師組特優的陳潔民老師，閣參陳正勳老師、尤慶堂老師用個臺語的專業校對，予阮準確用教育部所指定的用字。註解以《教育部臺灣閩南語常用詞辭典》的解說為主，教典若揣無就另外揣教典以外的資源，參考iTaigi愛台語、揣臺語網站、面冊、維基百科等；無收入佇字典的部分才用家己認捌的意思解說。用這本冊來做臺語文學的教材，相信是上好的選擇。

〔繪者序〕

圖佮詩的親情對話

梁一念

一目躡仔，阮離開臺灣已經第十一冬矣！為著學藝術才出國的細漢囡仔，真正是千辛萬苦，目屎攪飯呑，有話嘛無地講。佇阮十六歲彼年𤆬著妹仔做陣對桃園國際機場，坐飛行機去加拿大多倫多，彼擺無爸母陪伴的旅途真正是驚惶，想起當年的阮，真是青暝毋驚大銃！青疏的他鄉外里生活的挑戰真正袂少，換另外的一个新國家，生活的語言是英語，真歹開喙講話。爸母佇臺灣為著拚生活，無暝無日咧拍拚，阮佮小妹佇多倫多，學習適應環境，佇無仝款的學校環境咧生活，阮兩个姊妹仔接𪜶中學的十年級。（阮年紀本來大妹妹一年，妹妹因為成績真好，學校予伊升一級，變成仝年的）

每一个人表達思鄉的感情，有無仝款的方式，阮當然用藝術的手法去表達內心的情緒。歡喜、悲哀、受氣、鬱卒，阮攏用色彩佮線條去記錄，日子一工一工過去，阮畫真濟的尪仔圖，分享予厝內的人看，阿公看甲真歡喜，問阮咧畫啥物？阮阿公就是康原，是阮自細漢就真敬佩的序大人，伊是一位見識曠闊的臺灣作家，真拍拚咧推廣臺灣本土文化佮臺語。阮分享予阿公的時陣，共伊講每一張圖表達的意思，運用阮上貫串的手法，將濟濟的思念，化成一張一張的尪仔圖。阿公詳細看阮的圖、聽阮的解說，予阮的情緒感動著，伊對阮的插圖產生創作的靈感，才來用臺語寫出一首一首的詩，嘛專工錄音予阮，叫阮愛學講臺語。就按呢共同完成阮公、孫仔第一擺合作的冊，伊寫，我畫，這對阮來講，實在是非常有意義的代誌。

每一擺，阮若讀這本思鄉的冊，攏予阿公寫的文字感動著，想起當時咧畫尪仔的時陣，思鄉情緒又閣打動阮軟弱的心肝，親像浮動佇水頂浮浮沉沉咧振動。通過阿公的詩佮阮的圖，阮佇他鄉外里的個人故事，經過阿公筆尾的詩情，予阮畫的尪仔活跳跳走出來，閣毛阮入去複雜閣有挑戰性的感情內，這段有波浪的性命旅程，有阮對故鄉的相思。「鄉愁」是出外人的生活經驗，對阮來講，這是阮第一擺搬去加拿大多倫多讀高中，發現家己踮佇無熟似的新城市，厝邊頭尾攏是生份人，阮拍拚揣家己的位置的時陣，心肝底生出來真濟空思夢想，就將伊畫做一張一張的圖。會使講，這是搬到一个新國家、抑是開始一種新工課，佇離開厝真遠的時陣，攏會發生的代誌。無論佇啥物情形下，鄉愁攏是一種予人感覺不安佮孤單的經驗。

阮阿公有講：「伊看阮的圖來寫詩，了解阮內心的代誌，閣會使解決伊想孫仔內心的稀微。」阮讀阿公的詩，毋但會使學臺語，閣會使解決對故鄉的相思。這本冊對每一个想厝的人，提供一種心肝的安慰。冊內底的文字佮圖，有對出外人情緒的關心，深入探討思鄉內心底層的感情源頭，探討咱的鄉愁情緒相關的失落、悲傷佮認同感。總講一句：這本冊是對複雜閣定定予誤解的情感的思考佮探討，若是你目前拄好真想厝，心情當咧鬱卒，相信這本冊會當予你解心悶；你若想欲學臺語，看尪仔來唸詩嘛真趣味，咱來做伙揣回咱對母語的記持。

（本文一念以華語書寫，康原翻譯為臺語）

輯一

望月春風

01

孤單的水鴨

阮是一隻孤孤單單的
水鴨　細漢飛來加拿大
予　潛鳥的翁某飼大

阮學會曉藏水沫
掠魚　來治枵
已經適應　新的天地

註

1. 潛鳥：tsiâm-tsiáu，潛鳥體長大約 60 ～ 90 公分，屬於中大型水禽，翅膀小，羽毛濃密，雌雄同色，背部主要呈黑灰色，腹部白色。圓錐形的嘴巴尖長而且堅硬，方便捕食小魚蝦，前三趾之間有蹼，擅長游泳與潛水。平常於水上浮游，起飛時需於水面助跑後才能飛起，遇到危險時常常潛水而逃，或只有頭部露出水面，分布於歐亞、北美洲的海洋、河流。
2. 藏水沫：tshàng-tsuí-bī，潛水。
3. 治枵：tī-iau，充飢、果腹。

02

雞公

紅面雞公　喔喔啼
守信用講義氣　準時
叫阮　起床來寫詩

阮做　臺灣紅面雞公
大聲啼　喝醒番薯園的
兄弟　注意白狼的喙齒

註

1. 喔喔啼：雞叫聲，作者用詞。
2. 喙齒：tshuì-khí，牙齒。

03

窗仔

窗仔　拍開厝間的目睭
看見　天頂閃閃爍爍的星
天公伯仔　笑微微
月娘是快樂的　仙女

窗仔　是悲哀的
暗暝　少女內心的孤單
這个世界是予人　無奈
關袂起彼扇哀愁的
心窗

註

1. 閃閃爍爍：siám-siám-sih-sih，光線不穩定，明明滅滅的樣子。

04

想

出外　孤單的時想厝
親像　秋風掃落葉
一陣一陣　心頭亂紛紛

房間內　予月光佔滿的眠床
窗仔外　彼粒圓輾輾的月娘
想起思鄉酒醉的
詩人

註

1. 圓輾輾： înn-liàn-liàn 又唸作 înn-lìn-lìn，圓滾滾。形容體態或物體形狀非常圓。

05

相思

姊妹花　離開臺灣
親像兩片幼穎　飄落
北美多倫多的　樹葉
予冷風佮白雪　凌治

相思　敢是一種病
食袂落　睏袂去
阿母佮親人形影覕心內
目屎　掰袂離

註

1. 穎：ínn，幼芽。
2. 凌治：lîng-tī，欺負、作弄。
3. 覕：bih，躲、藏。
4. 掰袂離：pué-bē-lī，來不及撥開。

06

中秋

中秋暝　月娘的光照著
白泡泡　雪頂孤單的
浪子形影

匀匀仔　一步一步
向前行，風
閃過阮身軀邊
攏無
相借問

註

1. 白泡泡：peh-phau-phau，白皙。
2. 匀匀仔：ûn-ûn-á，慢慢地、謹慎小心地。

07

貓

愛食臊的　貓咪
上桌頂
等掠魚

阮咧等　海底
討海人的
相思

註

1. 臊：tsho，具有腥味的。葷食。

08

望月

覕佇　月娘腹肚內的嫦娥
已經予阿姆斯壯　踏死

每暗　阮若犀牛望月
揣無夢中的　愛人

月娘　光　光光
照袂著　阮兜的田園

註

1. 阮兜：guán tau / gún tau，我家。

09

星

暗暝　星光
閃閃爍爍
離開故鄉的路途
千里

外國的塗跤
冷吱吱
細漢的伴，走去
佗位覕？

孤單的時
恁是阮心中的
星

註

1. 塗跤：thôo-kha，地面、地上、地板。
2. 冷吱吱：líng-ki-ki，冷冰冰。形容非常冷。
3. 佗位：tó-uī，哪裡。

10

紅鶴

離厝　十萬八千里
佇剪絨仔花的季節
寄相思

將思念母親的形影
畫做　一陣一陣
溫柔的紅鶴
真甘甜

註

1. 剪絨仔花：tsián-jiông-á-hue，康乃馨。

11

四秀

賴和新詩　歹囡仔
「三頓　毋食使癖片
四秀　挑來擔擔拑」
予人想起　日治時期

細漢　家庭散赤
看著好食的鹹酸甜
喙瀾涻涻滴
目屎
掰袂離

註

1. 四秀：即四秀仔，sì-siù-á，零食、零嘴。
2. 歹囡仔：Pháinn gín-á，壞小孩。賴和的原詩標題是用「呆囝仔」，作者改用教育部正字：「歹囡仔」，較符合詩意。
3. 使癖片：sái-phiah-phìnn，使性子、耍脾氣。
4. 拑：khînn，用力抓住固定的東西。
5. 散赤：sàn-tshiah，貧窮、窮困。
6. 鹹酸甜：kiâm-sng-tinn，蜜餞。
7. 喙瀾：tshuì-nuā，口水、唾液。
8. 涻涻滴：tsha̍p-tsha̍p-tih，滴個不停、滴滴答答。

12

雨傘跤

海邊沙坪的日頭
煮滾一鼎
燒燙燙的水

燒唿唿的海沙攪鹽
煎赤一尾
膨皮的白帶魚

雨傘跤　彼位烏頭毛的
媠姑娘
走揣
詩情佮畫意

註

1. 沙坪：sua-phiânn，沙灘。
2. 燒唿唿：sio-hut-hut，熱呼呼、熱騰騰。
3. 赤：tshiah，紅棕色。烹調食物的時候因爲火候足夠使得食物呈現微焦的紅棕色，但是還沒有燒焦的程度。
4. 膨皮：phòng-phuê，形容臉頰飽滿豐盈的樣子。

13

鳥

當初　佇你手掌中
捏驚死
放驚飛
這馬　共你放生
飛向
天涯海角

註

1. 捏：tēnn，用拇指與其餘手指夾住。擠壓、掐。

2. 這馬：tsit-má，現在。

14

查某囡仔

查某囡仔　愛梳妝打扮
胡蠅　飛向烏歁歁的頭毛

胸前掛一蕊　紅玫瑰
櫻桃喙　笑微微

擘手䘼　飼杜定
有時予人看著
真怪奇

註

1. 梳妝打扮：se-tsng-tánn-pān，梳頭化妝，打扮得美麗體面。
2. 胡蠅：hôo-sîn，蒼蠅。昆蟲名。
3. 烏歁歁：oo-sìm-sìm，烏溜溜。形容頭髮烏黑亮麗有彈性。
4. 笑微微：tshiò-bi-bi，笑瞇瞇。
5. 擘手䘼：pih-tshiú-ńg，因爲天氣熱，或爲求做事方便而把袖子捲起來。
6. 杜定：tōo-tīng，蜥蜴、石龍。爬蟲類動物。

15

薰佮毒

少年時　學食薰
茫茫渺渺過日
吞入悲慘的煙霧
吐出　浮冇冇的人生

薰是毒品的入門票
四號仔、龜根、海洛英
食落就會
誤前程

註

1. 薰：hun，香菸。用薄紙捲細菸草做成的紙菸。
2. 茫茫渺渺：bông-bông-biáu-biáu，本指遼闊而沒有邊際的樣子，今多用以形容沒有把握、難以捉摸的狀況。
3. 浮冇冇：phû-phànn-phànn，虛無縹緲。
4. 四號仔：sì-hō-á，安非他命。俗稱安公子、安仔、冰糖、冰塊等，屬於中樞神經興奮劑，有成癮性與依賴性，會出現妄想症、精神分裂等副作用，爲臺灣法定二級管制藥品。
5. 龜根：ku-kun，即古柯鹼，由古柯葉製成，是一種興奮劑與麻醉劑，具有成癮性與毒性，使用者會增加中風、心肌梗死、肺部問題、敗血症與猝死的風險，在世界各地均屬管控藥物（毒品）。
6. 海洛英：hái-lok-ing，即二乙醯嗎啡，俗稱白粉，是一種鴉片類藥物。具有成癮性，副作用會導致神經功能受損、膿瘍、心內膜炎、血源性感染和肺炎，嚴重者可致死。

16

火氣

心頭著火
煎熟一粒雞卵

配一杯咖啡
消除　火氣
大事化小
小事化無

少年衝碰
拄著代誌愛忍耐
和氣來生財

註

1. 衝碰：tshóng-pōng，衝動，冒失。鹵莽、莽撞。慌張。
2. 拄著：tú-tio̍h，碰到、遭遇。

17

心境

學會曉照鏡的時陣
行出臺灣的言語
行到ABC的國度
行向
青春的夢

佇他鄉外里
照鏡
鏡內　化做一蕊一蕊
無仝款姿勢的　花
鏡外　一首一首
思念的詩

註

1. 仝款：kāng-khuán，同樣、相像。一樣，沒有差別。

18

喝聲

日落前，孟克
行到一板橋頂
鬱卒是一種存在的
無奈
黃昏的日頭
吐出紅血
予伊向天公
喝聲

悽慘的叫聲
驚動花園
蝶仔　飛來砲臺頂
紅色、黃色、柑仔色
交響樂響起

註

1. 孟克：愛德華·孟克（Edvard Munch，1863 年 12 月 12 日—1944 年 1 月 23 日），挪威畫家。其最著名作品《吶喊》爲當代藝術標誌性圖像之一，作於 1893 年，被認爲是表現主義中表現人類苦悶的代表性作品，他一共畫了四個不同版本的《吶喊》。孟克在世紀之交時期創作了交響樂式的《生命的飾帶》（The Frieze of Life）系列，《吶喊》卽屬於這個系列，涉及了生命、愛情、恐懼、死亡和憂鬱等主題。
2. 鬱卒：ut-tsut，心中愁悶不暢快。
3. 柑仔色：kam-á-sik，橙色、橘黃色。指像柑橘外皮一樣的顏色。

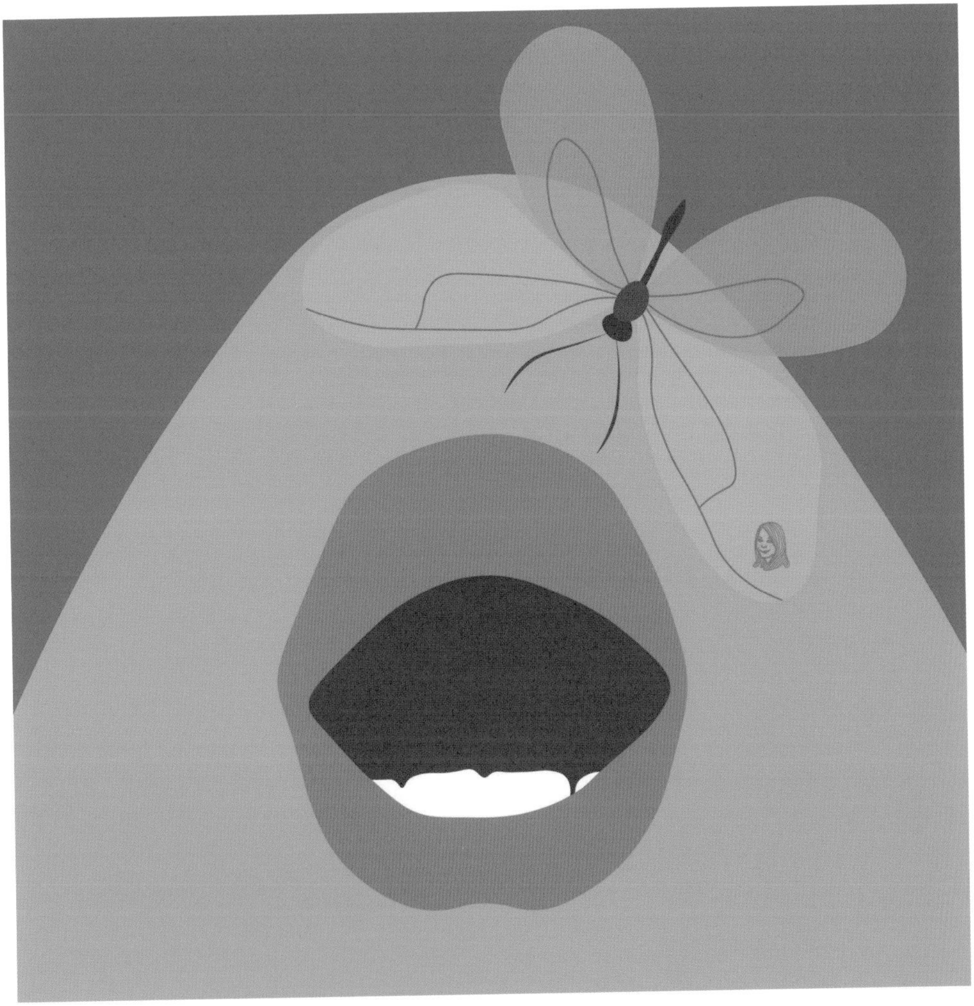

19

使目箭

用箭　使入人的心肝
一心　滑鐵盧大學
精算數字的高材生
做代誌
有貓毛的個性

愛運動　牽狗行跤花
會跳水　閣真愛婧
逐工練習使目箭
思念故鄉萬萬年

註

1. 使目箭：sái-ba̍k-tsìnn，通常指女性用嬌媚動人的眼神，對別人表達情意。用目光暗示。
2. 一心：梁一心，妹妹的名字。
3. 滑鐵盧大學：University of Waterloo，是加拿大安大略省滑鐵盧的一所省立研究型大學，建校於 1957 年。因加拿大最早成立的計算機科學系而知名，以學習與實習並重的建教合作而立足，畢業生在矽谷各大公司就業率名列前茅。
4. 行跤花：kiânn-kha-hue，漫步、閒逛。

20

夜夢

門　關起來
夢佇幌韆鞦的時
醒來
月光　唚著厝尾頂
白茫茫的雪

行佇風雪中的熊
對孤單的月娘
大聲
吼

註

1. 幌韆鞦：hàinn-tshian-tshiu，盪鞦韆。
2. 唚：tsim，親嘴、接吻。
3. 吼：háu，哭泣。通常指哭出聲音來。風刮得很大聲。鳥獸啼叫。

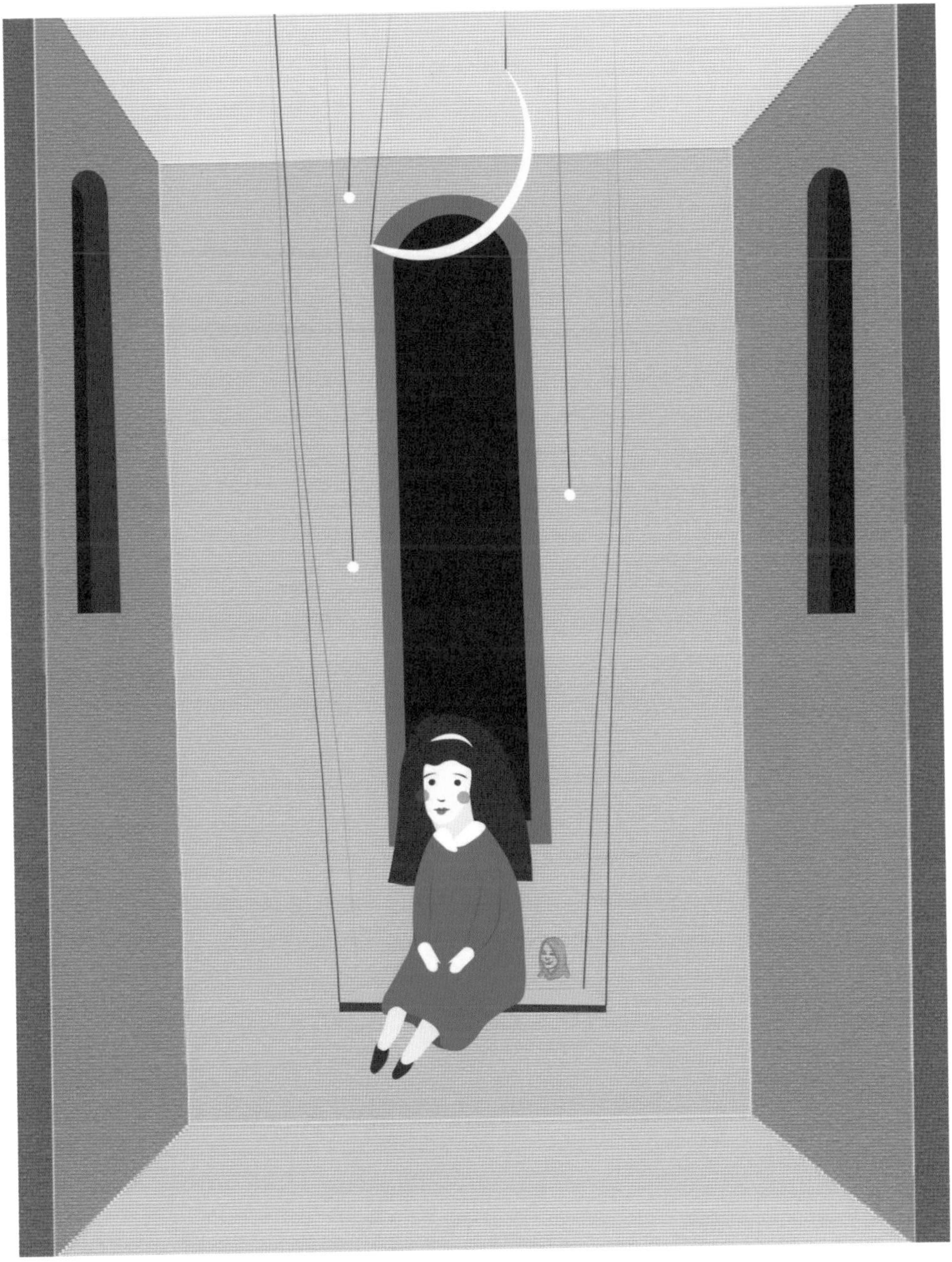

輯二

花的言語

21

教堂佮上帝

佇阮兜大樓的邊仔
有一間媠款閣安靜的教堂

夢中，上帝徛踮厝頂
大聲喝講：
「以神為樂、靠神來活！」

「阿門！」
教堂佇心中
上帝踮夢內
「阿門！」

註

1. 媠款：suí-khuán，漂亮。
2. 徛踮：khiā tiàm，站在。

22

夢

你是　阮夢中的人
阮已經是別人
燃火的灶空

愛情　干焦一種空思夢想
每工　偷偷仔唱彼首
予風騙毋知

註

1. 灶空：tsàu-khang，爐膛。
2. 干焦：kan-na，只有、僅僅。

23

金魚

細漢　飼金魚的水箱
一尾一尾
泅過來　泅過去
金色美夢
種佇記持內底

出國　蹛入去多倫多的
大樓　腦海內
浮出真濟金魚的
形影

註

1. 記持：kì-tî，記性、記憶。
2. 蹛：tuà，居住。

24

花園

花園內　百花開
茄仔色的佈田花
紅冇冇的玫瑰
金黃色的斑芝
每一欉花　攏笑微微
行入花園　正當時

註

1. 紅冇冇：âng-phànn-phànn，紅通通。
2. 斑芝：pan-tsi，木棉樹。
3. 佈田花：pòo-tshân-hue，杜鵑花。春天插秧時開花，才有「佈田花」之名。

25

鉸

二十年的時間
飼長的歲頭
用鉸刀
斬惡夢

恢復　少年時
古錐佮純情的
面容

註

1. 鉸刀：ka-to，剪刀。

26

花矸佮花蕊

一蕊　揣無適當花矸的
花　恬恬仔開佇花園內
蝶仔、蜜蜂
相隨

花矸　若是無插花
無論伊　按怎變換姿勢
攏無法度
有春天的
氣味

註

1. 花矸：hue-kan，花瓶。

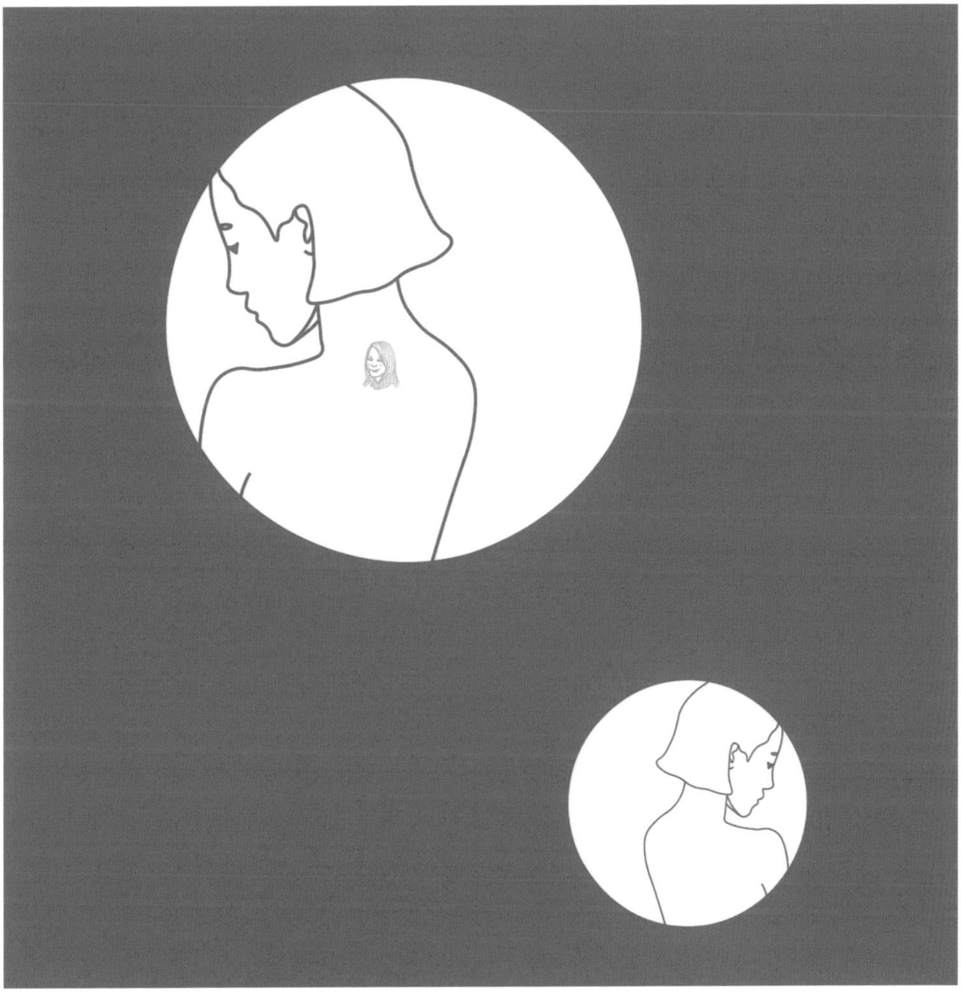

27

花的言語

社會　真濟戇人佮諞仙仔
社會人　袂恨予個詐欺
干焦　會恨
專門　挵破諞仙仔雞胿的人

戇人佮諞仙仔組合的
社會　親像這束花
花　花　花的世界
詳細看　諞仙仔覕佇佗位？

註

1. 戇人：gōng-lâng，呆子、傻子。痴愚不懂事理的人。
2. 諞仙仔：pián-sian-á，騙子、郎中。指用謊話或詭計去陷害別人的人。
3. 個：in，他們。
4. 挵破：lòng-phuà，打破。
5. 雞胿：ke-kui，指誇大不實的話。
6. 覕佇：bih tī，躲在。

NL

28

開花

恬恬仔開　慢慢仔謝
面貌　千變萬化
毋知為啥人開？
逐工展出婧款姿勢
予啥人看？

風　輕輕仔吹過耳仔邊
雨　慢慢仔沃落心肝底
花　花花　世界
敢揣有純情的花蕊？

註

1. 沃：ak，澆、淋。

29

樹仔

樹根　釘入塗跤揣水
枝椏　伸入天頂祈雨
身軀　平靜囥踮人間
天、地、人
三合一的境界

毋驚霜風搖動
接受雷雨沃澹
春夏歡喜　樹欉青龍龍
秋冬傷悲　徛黃葉飄落

註

1. 霜風：sng-hong，冷風、寒風。
2. 沃澹：ak-tâm，淋溼、澆溼。
3. 徛黃：khiā-n̂g，枯死、枯萎、枯黃。

30

風聲

東風　來是無影
簫聲　去嘛無名

無論東西南北派
發出來的　風聲
攏是捎無摠的
妖言

對正爿灌入山的聲音
予伊對倒爿的磅空出去

註

1. 捎無摠：sa-bô-tsáng，摸不著頭緒、不得要領。

31

刺

明知　你是一蕊
帶刺的玫瑰
阮嘛佮你
交陪

彼一年　你攑玫瑰十一枝
阮送你　雙雙對對二十二

花刺　保護家己
毋是欲共人
凌治

註

1. 攑：giah，舉、抬。拿。
2. 凌治：lîng-tī，欺負、作弄。

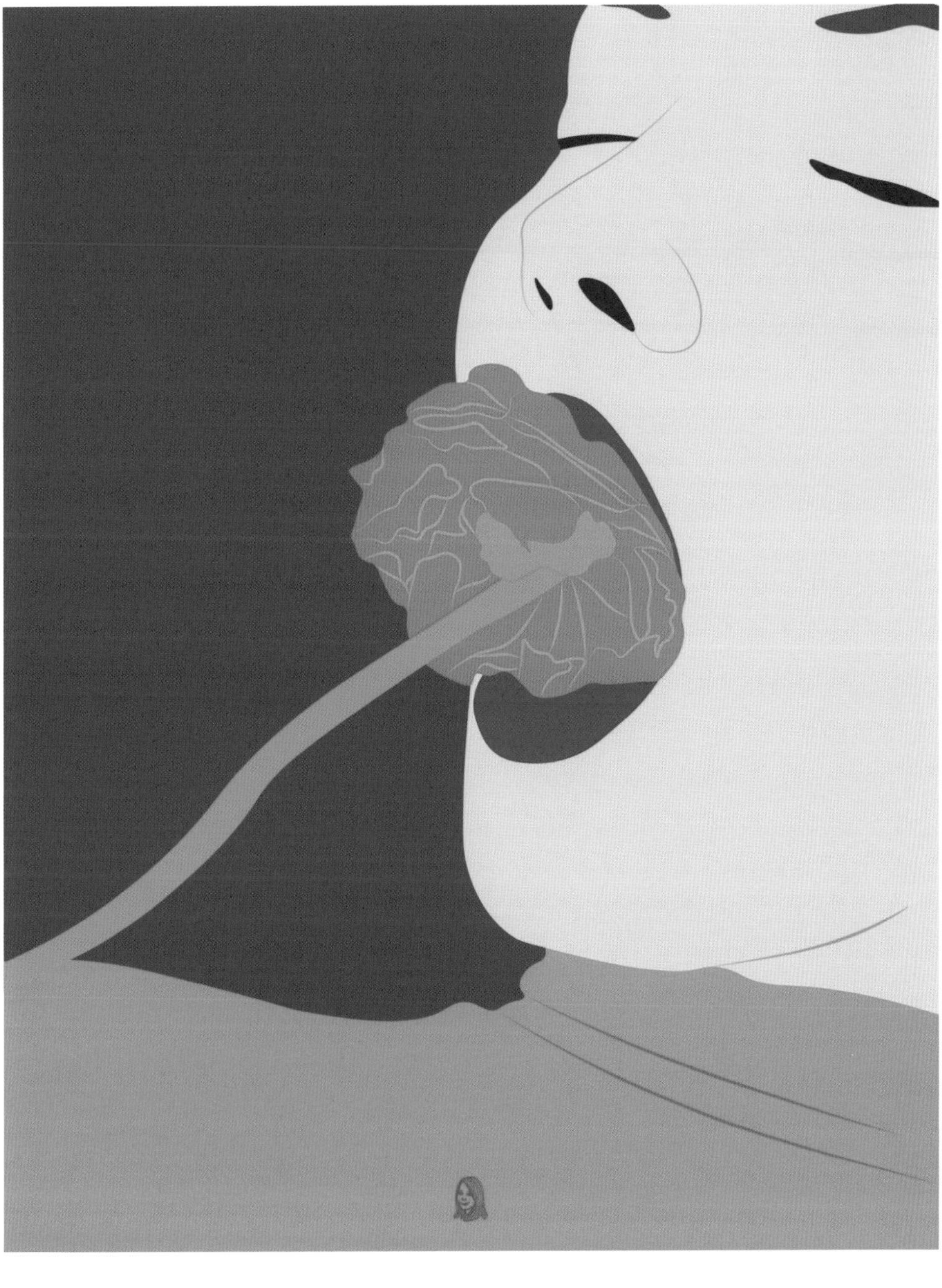

32

花的目屎

遠景　出版一本詩集：
《花的目屎》
透過玫瑰花、山棧花、日頭花
講出臺灣的
民主運動

一欉　飄落他鄉外里的
野菊花
恬恬仔望著天星
目屎長年
掛佇暗暝

註

1. 山棧花：suann-tsàn-hue，百合花。

33

望月開花

一蕊花　到底開偌久？
何時　開花正當時？

花開喝春風
春風攏毋講

花開花落　啥人知？
葬花的人　情何在？

註

1. 偌久：guā-kú，多久。
2. 葬：tsòng，屍體掩埋、處理的方式。

N.L.

34

空

茫茫的宇宙間
飛過鳥語
水聲、花芳

山門內，一粒
孤單的石頭
山門外，一座
恬靜的懸山

唸一句一句的佛號
硞硞
一聲一聲
聽

註

1. 硞硞：kho̍k-kho̍k，連續不斷地重複某一動作的樣子。

35

掩

真濟人
掩著阮的目睭
予阮看袂著人間
不平的代誌
永遠存在

袂當見光的工課
咱攏毋通去做
雞卵　密密嘛有縫

註

1. 袂當：bē-tàng／buē-tàng，不行、不能夠。
2. 工課：khang-khuè，工作、事情。
3. 雞卵：ke-nng／kue-nng，雞蛋。

36

定

佇蓮花座頂修練的
菩薩
戒、定、慧
遁入空門
成做佛

阮是　一位平凡的
讀冊囡仔
透過定、靜、安、慮、得
揣自性菩薩

37

暗光獅

新冠病毒，是白目眉的
暗光獅
無人請，家己來
真濟人驚甲覕厝內
拒絕佮個往來

有路無人行
雨滴喝大聲
忍耐啦
阮毋是無情的人
等待疫情過
才來相交陪

註

1. 暗光獅：àm-kong-sai，田野中常見的一種溪蟹，多於晚上出沒，民間有人寫成「暗公獅」、「涵孔獅」或「紅管獅」、「紅絳獅仔」，讀音非常接近；也有「紅面獅」說法；「暗光獅」三字的寫法出自施福珍老師的臺語童謠，目前臺語字典尚未收入，註解所附的羅馬字拼音，只是筆者爲了方便讀者知道讀音，而自行組合的拼音，僅供參考，並非正規寫法。「暗光獅」的眼睛跟臺灣弄獅的獅頭很相像（蕭平治老師提供），民間用「獅」字可能表示威猛之意，又跟「暗光鳥」一樣於晚間出沒，所以筆者認爲用「暗光獅」這三字來書寫，於音義上較爲合適。

38

故鄉的月

失落海埔新生地的
夢
海風吹過白衫烏裙

行過一片暗摸摸的
樹林
紲落來
閉思的笑容

來到他鄉外里的暗暝
故鄉的月娘
掛佇夢底

註

1. 暗摸摸：àm-bong-bong，形容光線不明亮、陰暗漆黑的樣子。
2. 紲落來：suà--lo̍h-lâi，接下來、接著。
3. 閉思：pì-sù，個性內向、害羞，靦腆的樣子。

39

讀冊

佇深深的海洋世界
走揣一齣一齣
媠款的美夢

有時，行入
茫茫的宇宙，發現
變化無常的
人生

40

偷覓

細漢　真正好玄
大細項代誌　攏欲
偷覓

定定跖懸跖低
探測
暗眠摸的世界

註

1. 偷覓：thau bāi，偷看，是作者康原自創的新詞，有「探」的意思，thàm，伸出頭部或上身看視。
2. 跖懸跖低：peh-kuân-peh-kē：爬上爬下。
3. 暗眠摸：àm-bîn-bong，黑漆漆、一片漆黑。形容很黑很暗，什麼都看不到。

輯三

夢想家園

41

祈求天公

天公啊！田地
已經變龜殼
一痕一痕
等無天公的喙瀾
天公啊！
請予土地
一點點仔茶水

雷公有咧講
烏鴉吼入山
棕蓑提來幔
干焦看著爍爁的光
天公啊　請你緊落雨

註

1. 喙瀾：tshuì-nuā，口水、唾液。
2. 吼：háu，鳥獸啼叫。
3. 棕蓑：tsang-sui，蓑衣。早期農村用棕毛做成的雨具，可以披穿在身上防雨。
4. 幔：mua，將衣物披在身上。
5. 干焦：kan-na，只有、僅僅。
6. 爍爁：sih-nah，閃電。

42

頭毛佮貓毛

予時間染白的頭毛
親像溝仔底的菅芒花
秋天的季節到矣

阿公的頭毛崁一重雪
面皮開真濟溝仔
流袂了的雪，化成
血水

頭毛若白　冬天就到
輾落去西爿海中的
日頭，心事較濟過
貓毛

註

1. 菅芒：kuann-bâng，芒草，生命力很強、溼地、沙洲或山坡都可見到的一種禾本植物。莖中空而筆直，葉細長銳利。秋天開穗狀花，純白或間雜暗紅。
2. 崁：khàm，覆蓋。
3. 重：tîng，層。計算重疊、累積物的單位。
4. 輾落去：liàn-lo̍h-khì，滾下去。
5. 西爿：sai-pîng，方位名。西邊、西方。

43

紅

紅色的漆，擦甲
規塗跤
紅色的
血，予阮
無位通徛

江山變紅
一寸江山
一寸血

流袂了的紅色
惡夢

註

1. 漆：tshat，油漆。刷油漆。
2. 塗跤：thôo-kha，地面、地上、地板。
3. 徛：khiā，站立。

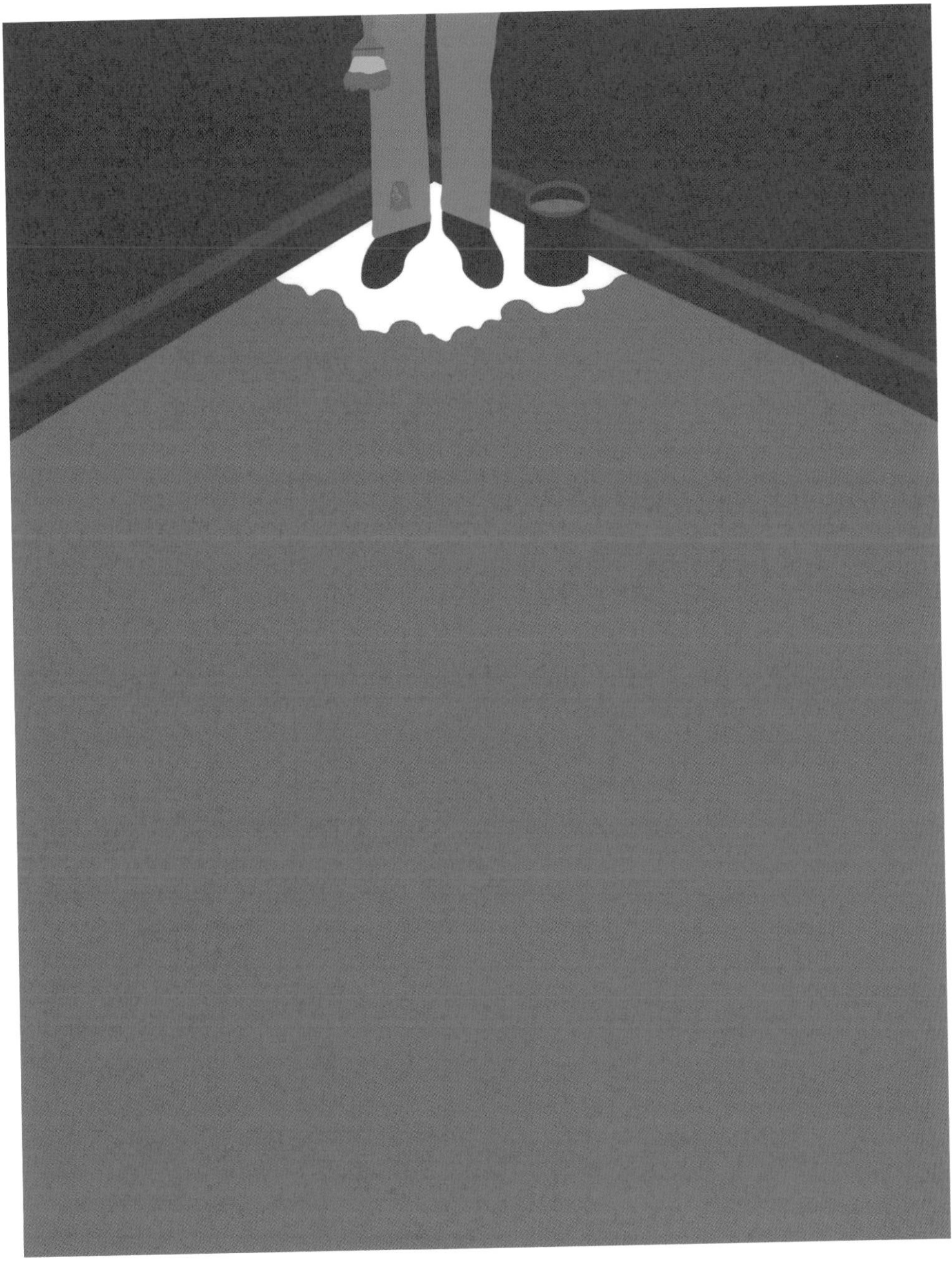

44

海洋世界

放烏煙的
怪物
將伊的屎屎尿尿
流入清氣的
海洋世界

予海水變成有臭味
各種生物
魚仔、海豬、海龜
揣無
泅水的所在

註

1. 清氣：tshing-khì，乾淨、清潔。
2. 揣：tshuē，尋找。
3. 泅水：siû-tsuí，游泳。

45

變面

世間人
無仝款的
面腔
歡喜、受氣
悲哀、快樂
有人　頭前裝做笑面虎
後面　罵㤉阿公佮阿祖

借問：你的表情
敢有連佇心肝？
抑是面腔　千變萬化
變面　親像咧掀冊
上愛戴
小鬼仔殼

註

1. 掀：hian，揭開、翻開。掀冊，翻閱書本。
2. 小鬼仔殼：siáu-kuí-á-khak，面具。

46

雨傘花

拍開，親像
一蕊花
收起來，變做
一條菜瓜
落雨天，傘花踮街頭巷尾
愈開愈濟

廟門邊，一條一條的
良心菜瓜
定定為著無良心的人
開花
有去無回

註

1. 踮：tiàm，在。

47

崁

莫想　目睭崁咧
看無世間的
齷齪佮現實

莫想　耳空窒咧
聽無　人間妖言惑眾
社會上真濟
璇石喙

註

1. 崁：khàm，覆蓋。
2. 齷齪：ak-tsak，心情鬱悶、煩躁。
3. 窒：that，塞。把孔洞或縫隙堵起來。
4. 璇石：suān-tsio̍h，鑽石。一種硬度極高的礦石，可用來切割玻璃，光色好的則用作貴重的裝飾品。璇石喙，形容人口才很好，擅長花言巧語。

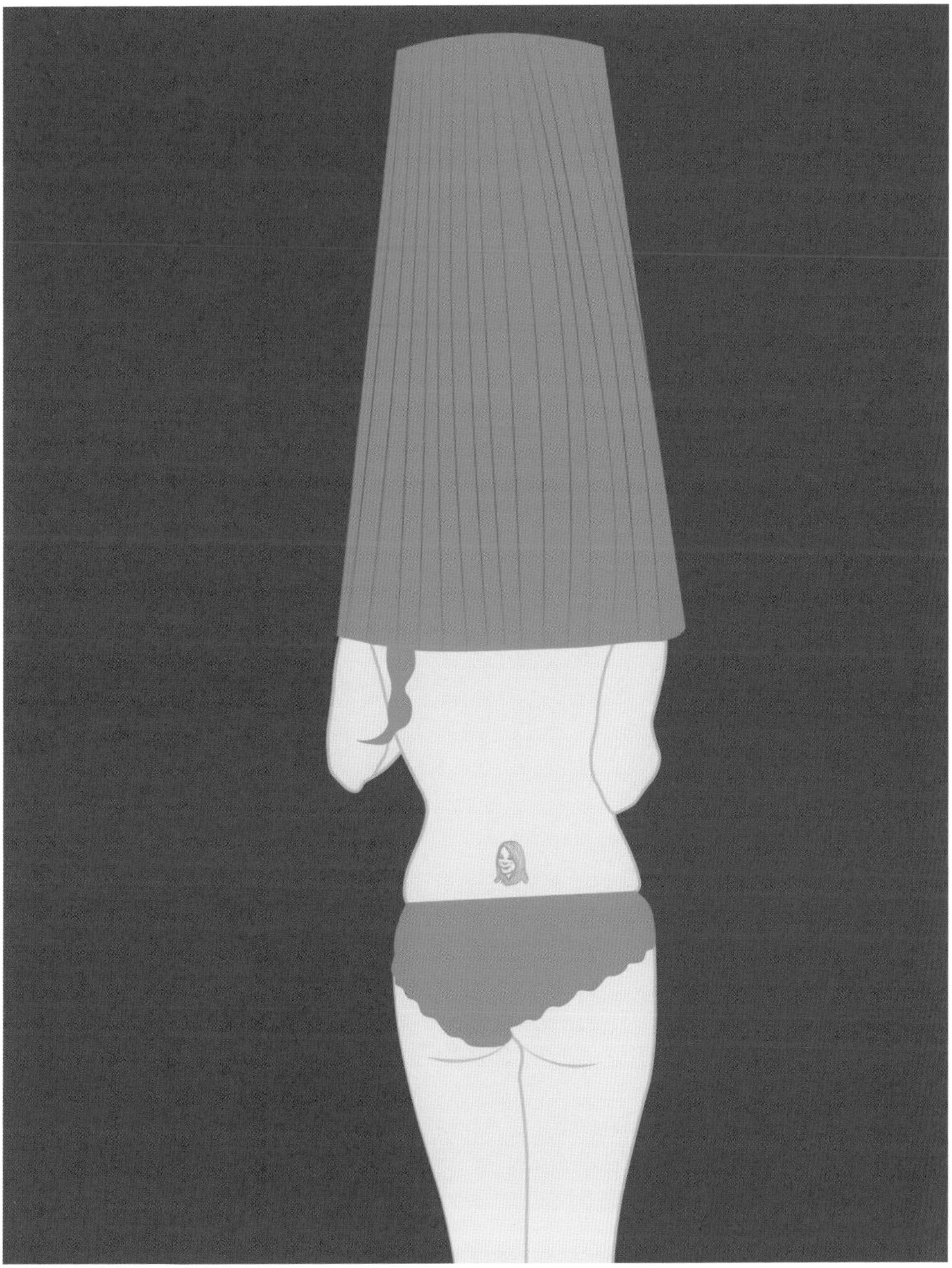

48

阿媽

彼一年　歇熱時
阿媽來　多倫多
看阮　閣轉去台灣囉

連紲　幾个暗暝
攏做一齣精彩的
夢——阮偝著阿媽
騰雲駕霧

註

1. 連紲：liân-suà，連續、接連不斷。
2. 偝：āinn，背。專指背人。

49

留學

出來外國　留學
逐工　愛背ＡＢＣ
寫著　豆菜芽黏做伙的字

阿母　教阮的言語
阿公咧唸的俗語佮歌詩
漸漸來
拍毋見

註

1. 拍毋見：phah-m̄-kìnn，遺失、丟掉，口語中時常合音爲 phàng-kìnn。

50.

日頭

日頭　赤焱焱
隨人　顧性命

擛頭，看無
黃皮膚親情的白人世界

覕踮厝內　大哭
三聲　無奈

註

1. 赤焱焱：tshiah-iānn-iānn，炎熱。常用於形容陽光酷烈。Jit-thâu tshiah-iānn-iānn, suî-lâng kòo sènn-miā，在熾熱的陽光底下，每個人以保全自己的性命爲要，已無暇顧及他人。形容人遇到患難或在艱困的環境裡，以顧全自己爲先。
2. 擛頭：gia̍h-thâu，舉頭、抬頭。

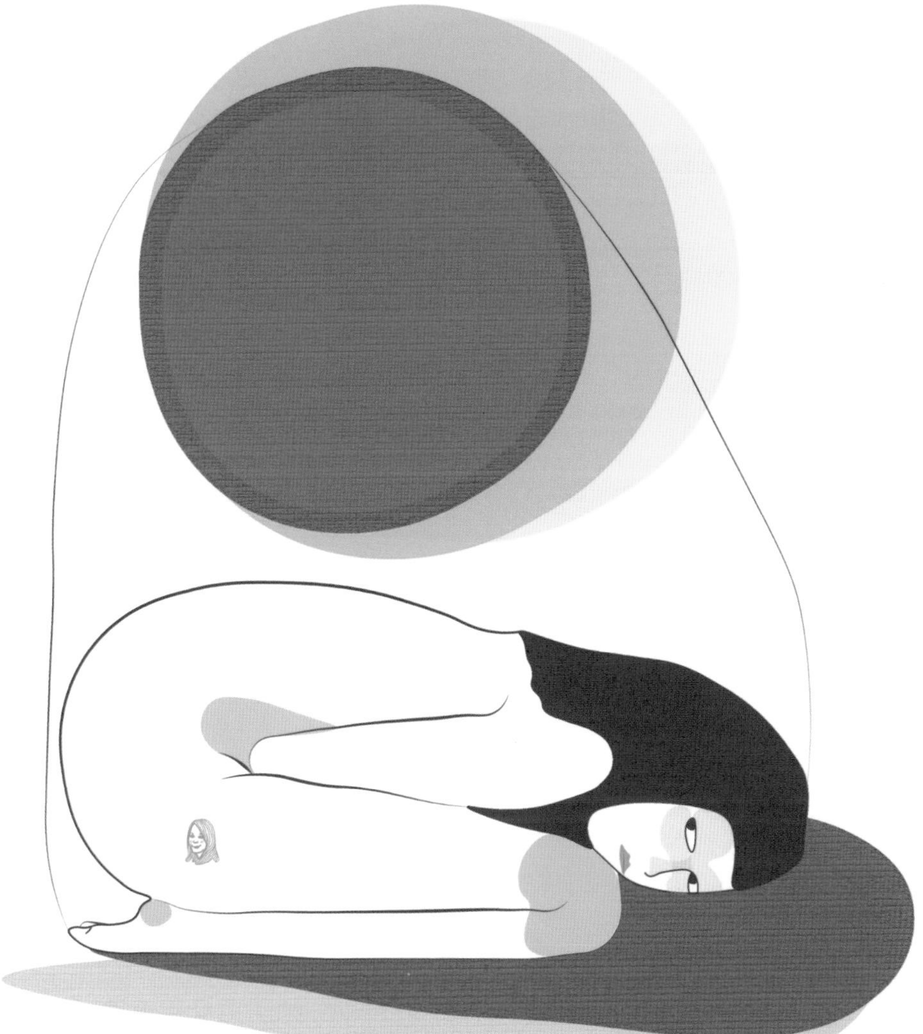

51

詩人普希金

逐擺　跳入游泳池泅水
攏想起普希金寫的囡仔古的詩

金魚佮掠魚人翁某
老翁真古意閣單純
老某是痟貪軁雞籠

干焦欣羨金魚
踮海中自由自在
泅來泅去

註

1. 普希金寫的囡仔古的詩：《漁夫和金魚的故事》是俄國詩人普希金在 1833 年創作的童話詩，故事內容敘述老漁夫的妻子因爲貪得無厭，向金魚再三提出無理的要求，最後一無所得的故事。
2. 痟貪軁雞籠：Siáu-tham nǹg ke-lam，貪得無厭的雞爲了吃飼料而鑽進雞籠。昔時農家養雞都採放養的方式，當需宰殺或販售雞隻時，便會將飼料放在籠子內，以誘導雞上門並將其關在其中。勸人千萬不要貪得無厭。
3. 軁：nǹg，穿、鑽。

52

馬

上愛走千里山坪的
七馬　勇敢佮耐操
伊攏是向前行
啥物
攏毋驚

勇士　走揣千里馬
女子　隨馬走千里

註

1. 七馬：十二生肖中，馬排序第七，有一鼠、二牛、三虎、四兔、五龍、六蛇、七馬……的說法。
2. 走揣：tsáu-tshuē，到處尋找。

53

孕

阿母十月懷胎的辛酸
啥人知
為著傳下後代
偷偷仔
食真濟鹹酸甜

為著作品的創意
定定親像病囝的相思
食袂落
睏袂去

註

1. 病囝：pēnn-kiánn，害喜。婦女懷孕初期有噁心、嘔吐、飲食習慣異於平常等現象。

54

面腔

面腔
一張一張圖樣
變化無常
浮浮　沉沉
佇人海中間走揣
家己的表情

逐个人
攏搬無仝款的
面色，看袂出
真正的心事
水若淹到鼻空
無法度
變面

註

1. 搬：puann，在此指「搬戲」，puann-hì，演戲、表演。

NL

55

覕

細漢的時陣
上愛佮朋友弟兄
廟埕的古厝內底
覕相揣
覕甲日頭輾落
西海岸
逐擺入去換衫的房間
攏會看著過去囡仔伴的
形影，佮阮耍過去的
戲齣

註

1. 覕相揣：bih-sio-tshuē，捉迷藏。一種遊戲。玩的時候，大家選出一個人當鬼來負責抓人，其他的成員就躲起來讓這個人去找，被找到的就換他當鬼。
2. 戲齣：hì-tshut，戲碼。演出的戲劇名稱。

56

見笑

母語詩　寫十外年
毋知　敢有人看見？
毋知　敢有人了解？
毋知詩，敢有
價值？

覕佇臺灣人身軀邊
揣母語
予家己人放拍毋見的
言語
若無法度揣轉來
無面去見
祖先

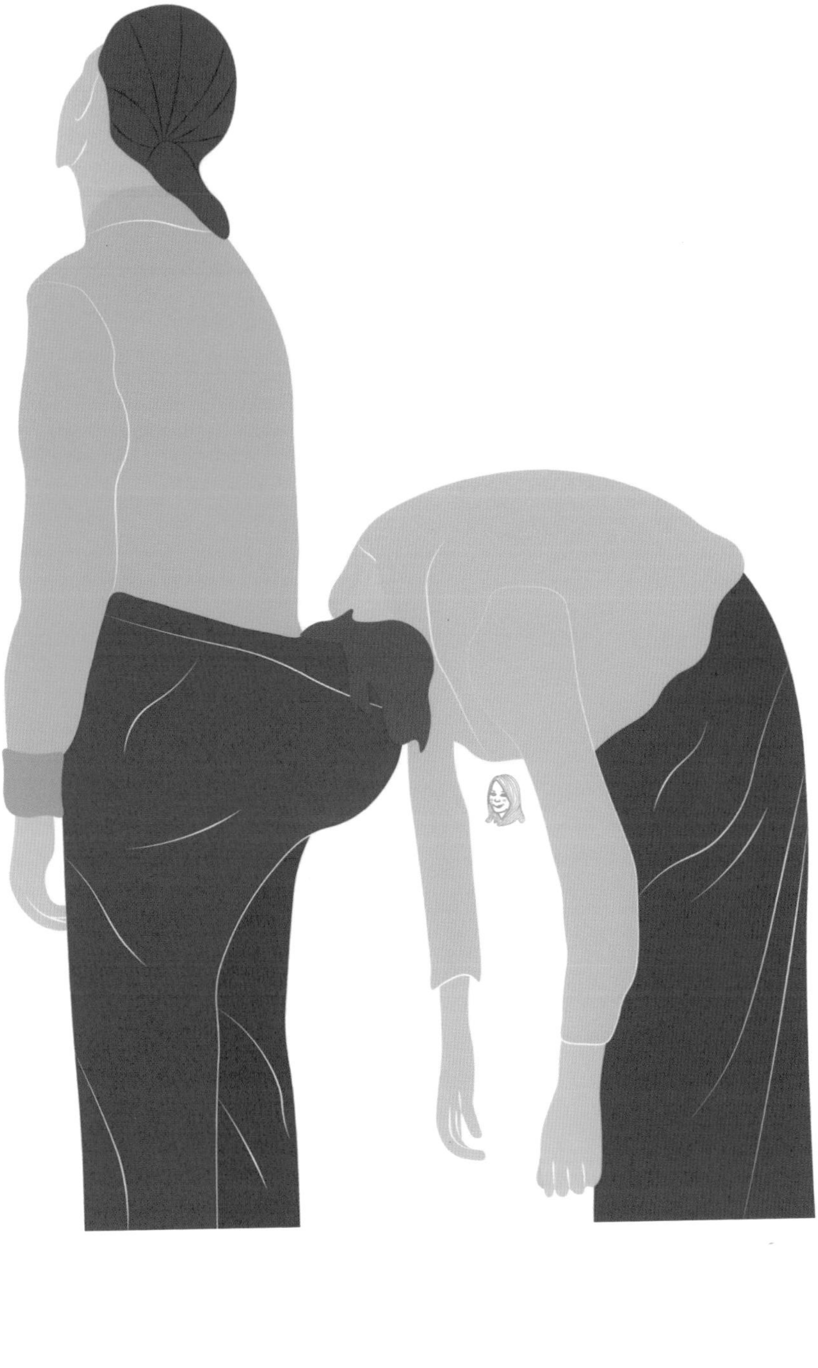

57

浮動

浮動　佇水面
浮浮沉沉
釣魚人的目睭
囥水頂

大尾的　毋食釣
細尾的　嚓嚓趒

枵鬼的七月半鴨仔
毋知死活

註

1. 浮動：phû-tāng/phû-thām，魚漂、浮漂。垂釣時拴在釣魚線上的浮物。
2. 釣：在此指「釣餌」，tiò-jī，釣魚時所用的魚餌。誘餌。用來引誘目標上當的事物。
3. 嚓嚓趒：tshia̍k-tshia̍k-tiô，活蹦亂跳。朝氣蓬勃的樣子。
4. 枵鬼：iau-kuí，貪吃、貪吃鬼。
5. 七月半鴨仔，毋知死活：Tshit-gue̍h-puànn ah-á, m̄ tsai sí-ua̍h. 七月半指農曆 7 月 15 日，也就是「中元普渡」，爲臺灣民間信仰祭拜孤魂野鬼的日子。民間信仰中雞是祭神的供品，拜鬼只能用鴨子，故有此說。形容人沒有憂患意識，不知大難臨頭。

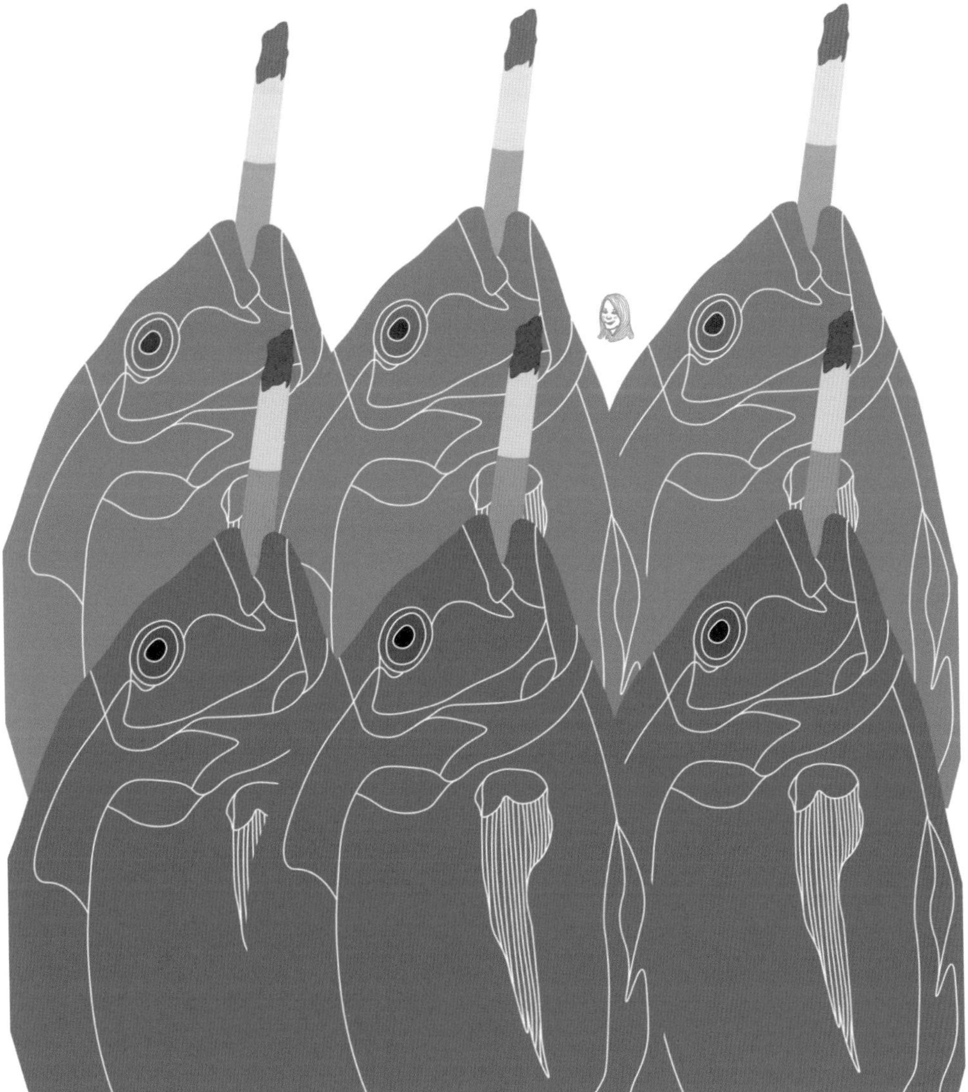

58

揣

睏佇膨椅過三更
聽著雞公咯咯啼
走揣
少年的夢
無了時

揣詩過五更
真正的詩人
走去覕
擽頭
看一粒一粒
流星

註

1. 膨椅：phòng-í，沙發、沙發椅。裝有彈簧或厚泡沫塑膠座墊的椅子。

59

祈

細漢　逐工攏咧祈求
食彼粒　紅絳絳的
日本蘋果
大漢以後期待
出去外國
留學

來到北美楓仔葉飄落的
多倫多
拄著武漢來的敵人
逐工攏愛走避兇手
期待有時間
掛喙罨
出去
遛狗

註

1. 紅絳絳：âng-kòng-kòng，紅咚咚。
2. 楓仔葉：png-á-hioh，楓葉。
3. 喙罨：tshuì-am，口罩。

60

Hope

陪姊妹花
到多倫多留學的 Hope
逐工守佇厝內
等待
熟似的
跤步聲

黃昏
公園行跤花
Hope 上歡喜的時間
日子　一工一工過
Hope
一日一日老

註

1. 熟似：sik-sāi，熟識。
2. Hope：家犬的名字。

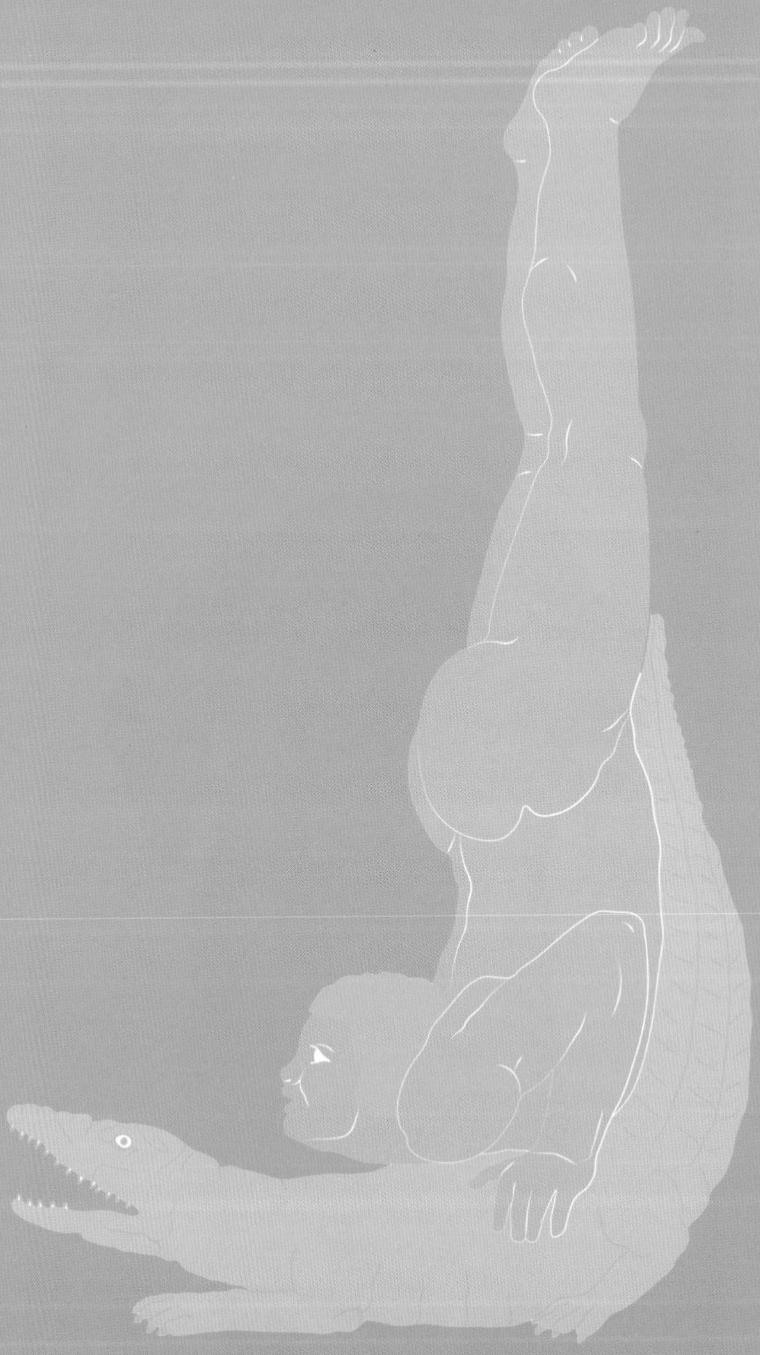

輯四

恬靜懸山

61

照鏡

鏡底　浮出阮的形影
共伊掛一个　喙罨
叫伊　攏莫出聲

阮叫出　康原的名
伊真正攏無出聲
伊敢是　真正的阮？

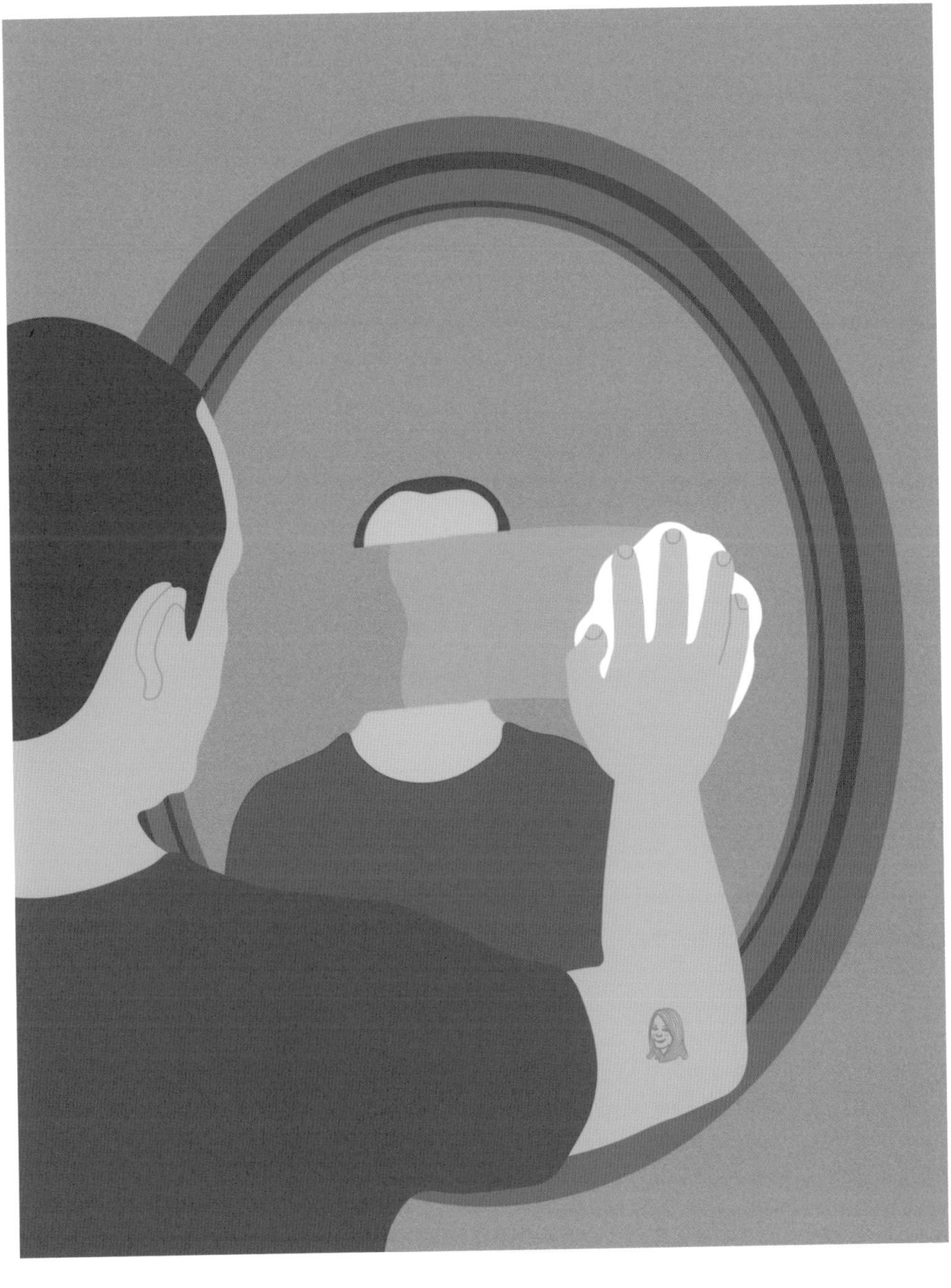

62

惡夢

佇萬聖節　彼工
予一隻怪物　驚醒
拍開　恐怖的喙
阮用盡食奶力　喝聲
叫天　天無應
喝地　地無靈

63

影

踏入　厝內的房間
目尾雄雄看見白色的
影　軁入壁頂的鏡

這位查某囡仔
敢是　細漢時鬥陣的
伴　離開台灣以後
毋捌看

64

溝仔水

對深深的內山
流入茫茫的大海
沿路行路
輕鬆唱歌

暝連日
日連暝
你敢知
阮的歌聲是歡喜
抑是悲傷？

65

索仔

跳索仔　索仔直溜溜
歇睏時　索仔虯虯虯
索仔　縛佇身軀膏膏纏
囥佇跤邊　搖來搖去
心中　縛一條死結的索仔
已經　有真濟年的日子

註

1. 索仔：soh-á，繩子。用兩股以上纖維物所擰成的長條狀物，可供捆綁。
2. 直溜溜：tit-liu-liu：形容筆直而長的樣子。
3. 虯：khiû，蜷曲。
4. 膏膏纏：ko-ko-tînn，胡攪蠻纏。不講道理的任意糾纏別人。

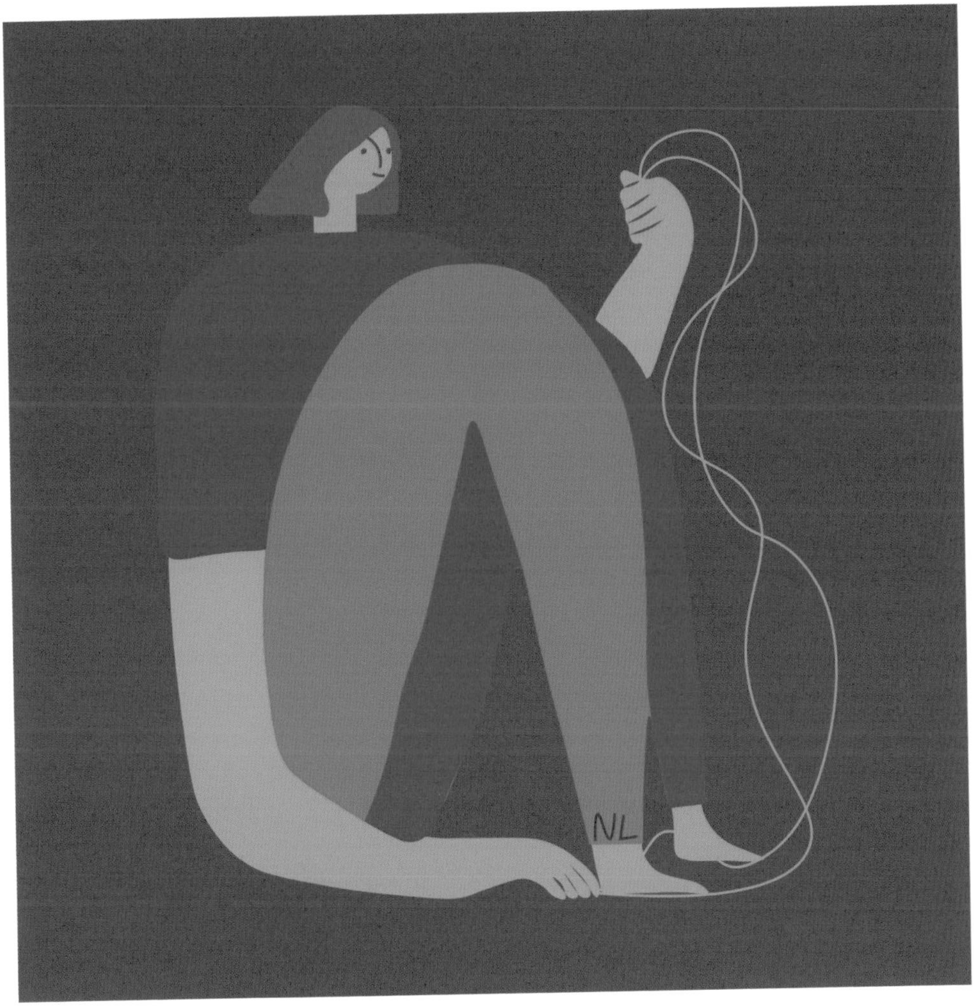
NL

66

爭

細漢　輸人毋輸陣
輸陣　會歹看面

讀冊　干焦看天邊七彩的虹
踏死家己花園的
玫瑰

大學畢業　大聲唱著
玫瑰　玫瑰
阮愛你

註

1. 虹：khīng，指彩虹，是大氣中水滴經日光照射後，發生折射或反射作用形成的弧形光圈，呈現紅、橙、黃、綠、藍、靛、紫七色。

67

舞

將家己的身體
變成一尾
滾絞的蛇

鑽入樹林內
變做一條
索仔
吊踮樹椏

有時是一蕊
飛上天頂的
雲尪

註

1. 滾絞：kún-ká，翻騰、掙扎、滾動、扭絞。
2. 樹椏：tshiū-ue，樹杈。樹木末端的小樹枝。
3. 雲尪：hûn-ang，出現在天空中的山形或人形的大片雲朵。

68

圓

一點紅　好心肝
囥頭頂　無人看

滿頭烏　佇白人世界
真生疏　定會行無路

做人
內方外圓的原則
東方的
人生哲學

69

貓佮鼠

細漢　細粒子的阿妹仔
偕阮　阿母攏講伊
三兩貓咬四斤鼠

這馬，個性賭強
毋認輸的阮
恬恬夯起
大姊的擔頭
啥人知影
重量偌濟？

註

1. 賭強：tóo-kiông，逞強、爭強好勝。力量不足卻刻意顯示自己能力強。
2. 夯：giâ，扛。以肩舉物。發作。漲、上昇。

70

海

看海平平
但是無底深坑
睏過五更
海中浮出圓圓的
黃色卵仁

阮的人生佇海中
浮浮沉沉
啥人知影
夢中夢是重？
抑是輕？

71

箭

若是　恐怖暗箭的肉砧
予人雄雄
射入身軀
一箭，猶閣會使忍耐
逐枝
攏射入心肝

受著萬箭鑿疼的
凌治　傷心
逐枝箭攏是一種疼
遮疼　敢會使
變成一種愛？

註

1. 鑿：tsha̍k，刺、扎。

72

魚

細漢　阿公講阿蒼
拍毋見　掛佇鐵馬頂的彼尾
煙仔魚　予自動車的輪仔
軋做一張圖的故事

這馬　阮若想著阿公
攏咧想
以後轉去臺灣
應該愛畫啥物禮物
予伊

註

1. 阿蒼：阿蒼是黃春明小說《魚》的主角，是一個木工學徒，祖父叫阿蒼下次回來要帶一條魚，阿蒼爲了省巴士錢而借腳踏車騎回來，卻不小心讓魚掉在半路上被卡車給壓扁了。故事用很簡潔凝練的筆法寫小人物想吃一條海魚的不易，表達作者對社會底層人民的生活最深切的悲憫。
2. 煙仔魚：ian-á-hî／ian-á-hû，正鰹、圓花鰹。魚名。鰹魚的一種，體型爲紡錘形，長約 50 公分左右，分佈於臺灣東部或東南海域，可做成柴魚。
3. 軋：kauh，輾。車子的輪子壓過。

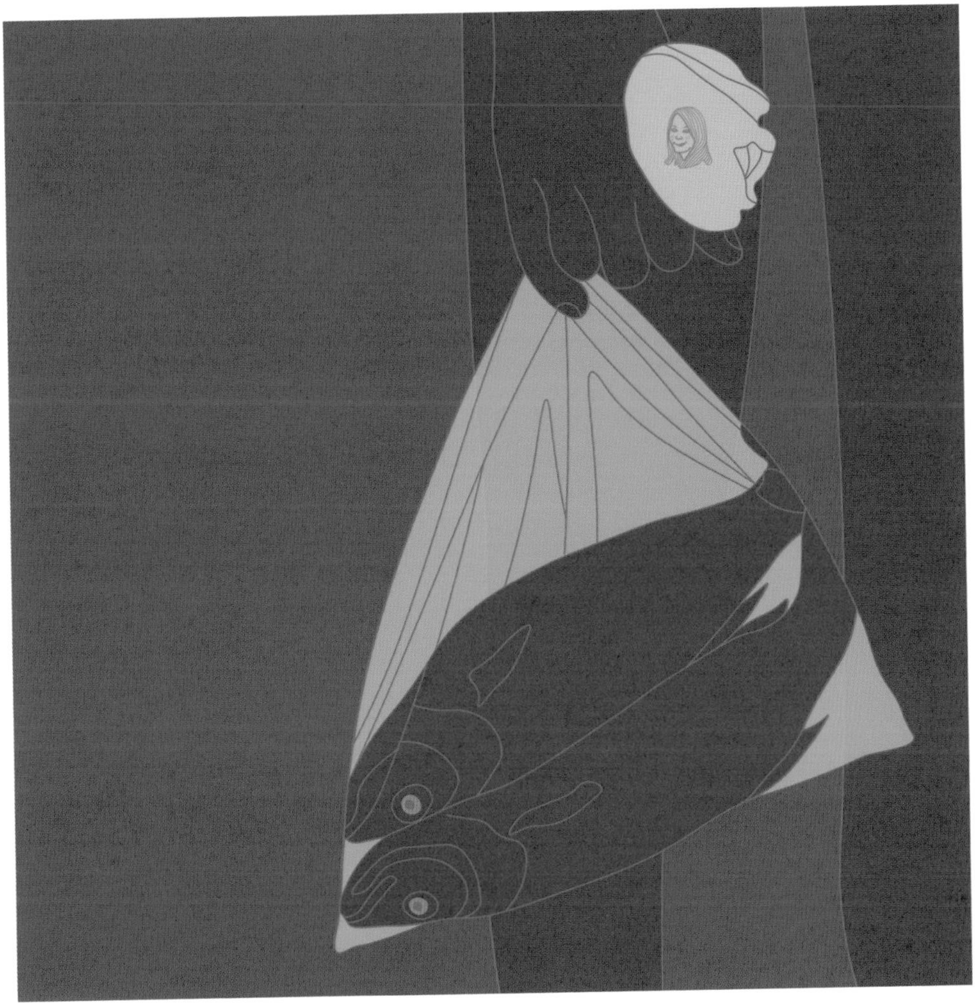

73

西瓜

古早人稱呼　寒瓜
對非洲來到咱的土地

關公　紅絳絳的心意
謙卑來獻予你

桃園三結義
紅關公　白劉備　烏張飛

註

1. 烏張飛：烏與青皆指深色，「烏張飛」一詞，作者是指青色的西瓜表皮。西瓜這種水果的謎語是「紅關公、白劉備，烏張飛，三結義」，紅關公指果肉，白劉備是內層的果皮，烏張飛指的西瓜的表皮。施福珍有一首〈西瓜〉用「紅關公、白劉備，青張飛，三結義」寫成歌曲。

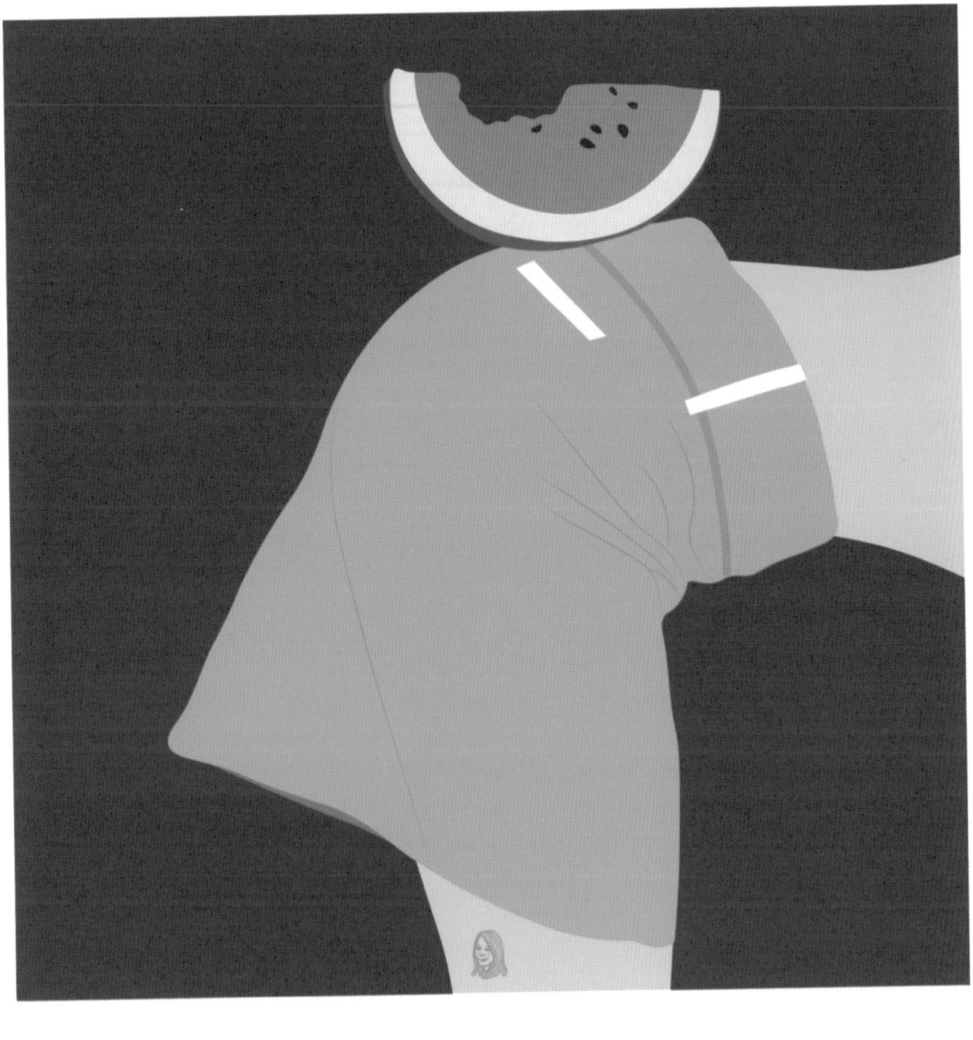

74

倒吊

留學　頭戴別人的天
跤踏　別人的地
講出　無仝款的言語

學習　倒吊
予頭腦　接著故鄉地氣
袂使　流出鱷魚的目屎

註

1. 鱷魚：kho̍k-hî，爬蟲類動物。外形像蜥蜴，全身有灰褐色硬皮。

75

夢想家

用全身的氣力　做夢
飛天　鑽地
雲遊太空
追　一个自由自在的
快樂
夢想靈光
安慰空虛心肝

盧梭佇懺悔錄內底
看衰　強權就是公理
伊將　家己飄撇的靈魂
交予十九世紀的
浪漫主義

註

1. 盧梭懺悔錄：法國哲學家盧梭於一七八二年死後出版的自傳，是文學史上最早最有影響的自我暴露作品之一，書中毫不掩飾個人的醜行，對後世影響深遠。

76

撟仔

細粒的島嶼佇大海中
搬演重要的角色
親像阿基米德　彼支
撟仔　搬動地球

徛做
阿基米德的支點
島嶼
影響自由世界
佮專制霸權
輕
重

註

1. 撟仔：kiāu-á，槓桿。
2. 阿基米德：阿基米德對數學和物理學的影響極爲深遠，被視爲古希臘最傑出的科學家，他應用槓桿原理於戰爭，保衛西拉斯鳩。雖然槓桿原理不是阿基米德發現的，根據帕普斯所述，阿基米德關於槓桿的研究曾引出過其非常著名的一句話：「給我一個支點，我可以舉起整個地球。」

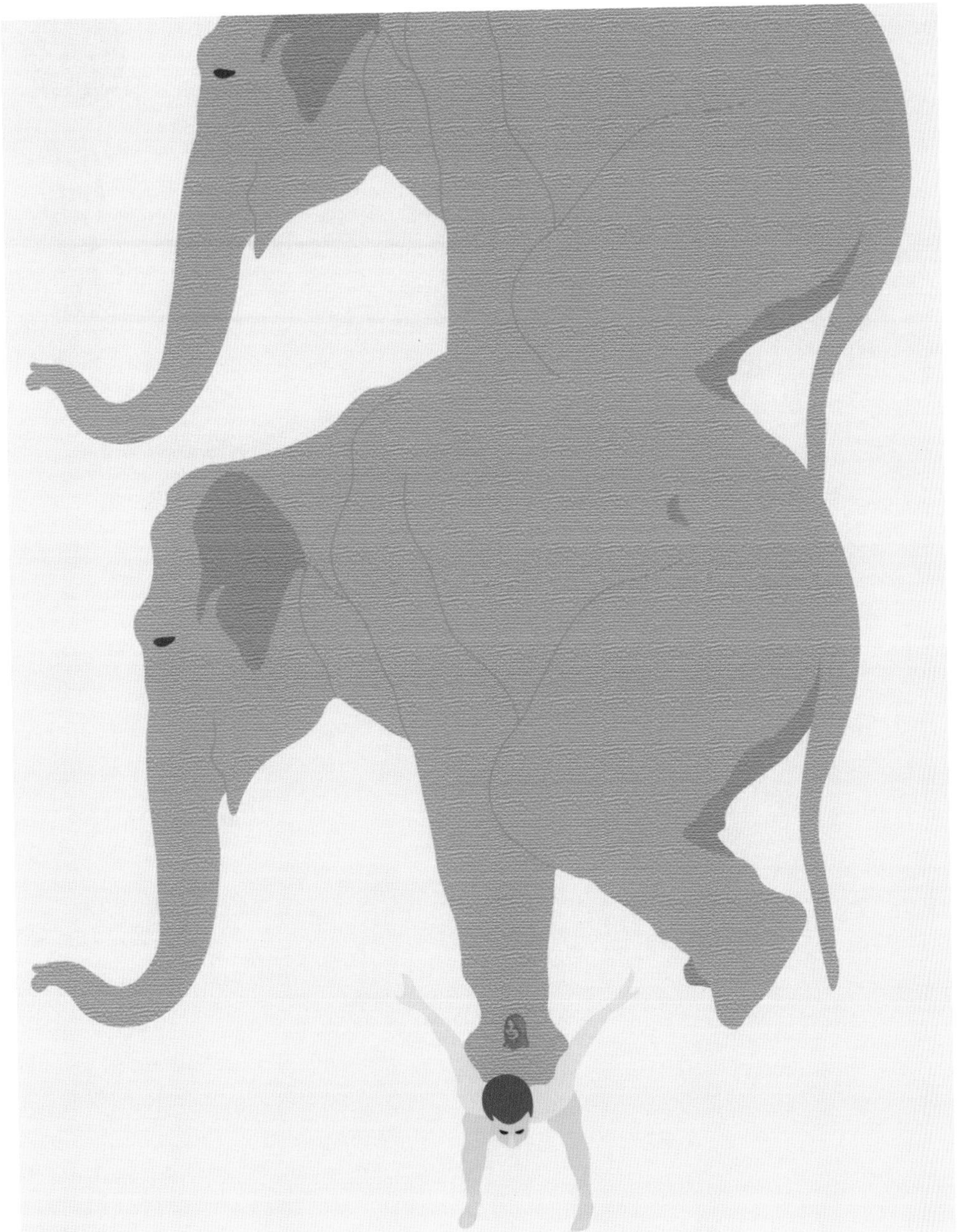

77

阮是貓

貓　跤步輕輕行過
顧人安全的
路口

夏目漱石　彼隻貓
歇佇
阮的頭殼內

這隻貓
偷偷咧笑
笑世間
有智識無路用的人

註

1. 夏目漱石：日本作家夏目漱石的小說《我是貓》是以貓的視角來看世界，特別是對主人苦沙彌這類知識分子的生活有辛辣的譏嘲，也有悲天憫人之言。全書風趣幽默，常讓人忍俊不禁。

78

兔

夢中　一隻溫柔乖巧的
兔仔　逐工佇山坪走標
予阮想起兔仔佮烏豹的
愛情　故事

踮佇無仝款種族的加拿大
這隻　亞洲的白兔
欲按怎快樂
活落去

註

1. 走標：tsáu-pio，賽跑。引申泛指跑步運動，不論快慢。

79

矮人

矮閣短的　矮仔人
咱台灣的　先住民
佪佮賽夏族有生死的衝突
烏矮鬼　精通巫術想報仇

台灣的向天湖
每年的矮靈祭
安慰著
予賽夏人設計
落水滅族的
矮仔人冤魂

註

1. 賽夏族矮靈祭：矮靈祭，賽夏語是巴斯達隘（Pasta'ay），是臺灣原住民賽夏族的傳統祭祀活動之一，每二年舉行一次（西元的雙數年），時間則落於秋收後農曆十月中旬的月圓前後，每隔十年一次大祭。

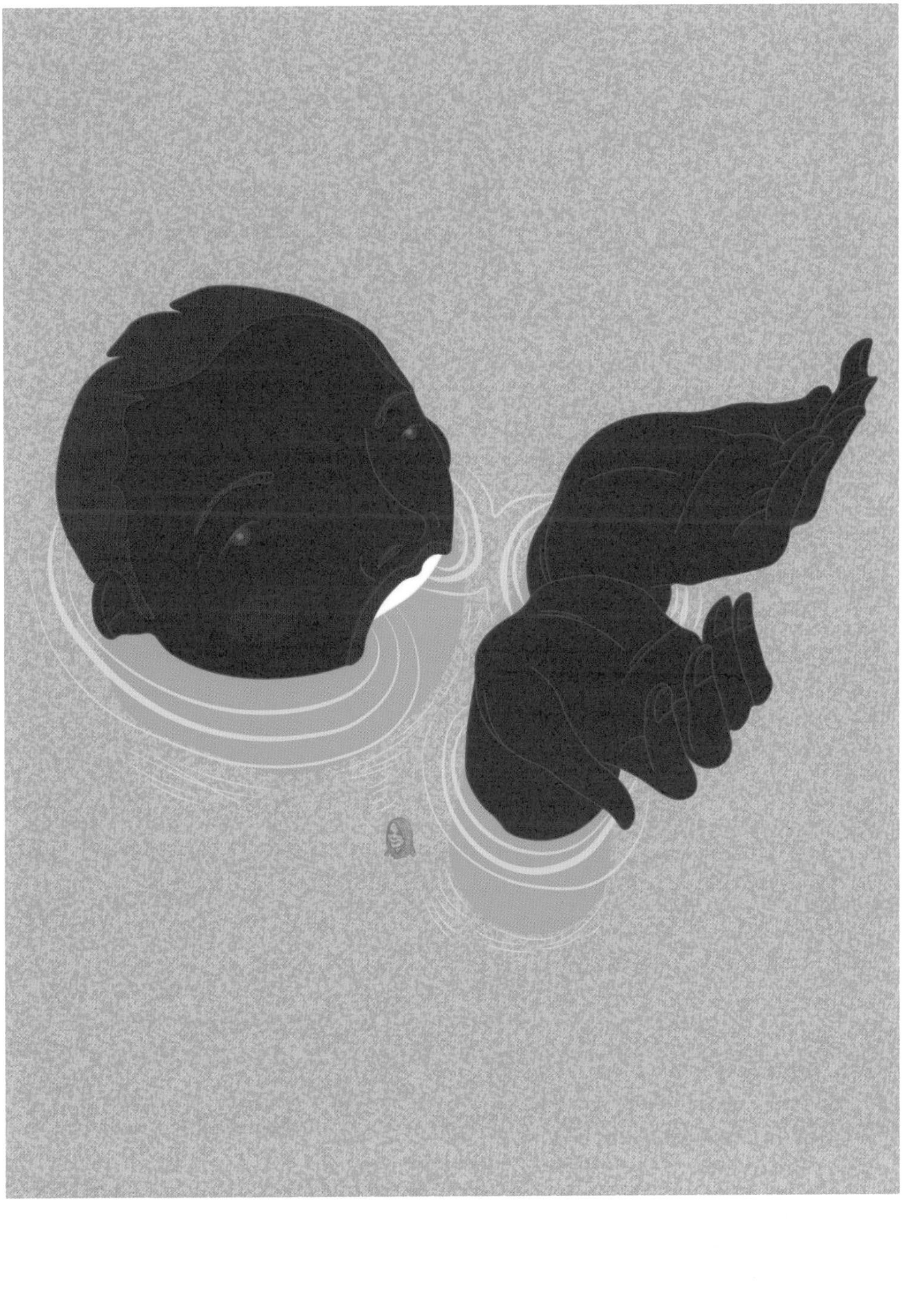

80

花

壁邊　開出兩蕊相借問的
玫瑰花　敢是互相探聽
對佗位來？
欲去佗位？

花恬恬仔　開
慢慢仔　謝
到底為啥人來開？

主題歌

浮動

詩／曲：陳潔民
編曲／伴奏：陳潔民
演唱：陳潔民

離開故鄉出家門
月娘光光照前程
浮浮沉沉的人生
親像浮動佇海頂

阿公阿媽的叮嚀
溫暖關懷浮眼前
他鄉外里愛適應
天星了解阮心情

註

1. 浮動：phû-tāng，魚漂、浮漂。垂釣時栓在釣魚線上的浮物。

想起故鄉的田莊
目屎不覺滴胸前
浮浮沉沉的心性
親像浮動隨海湧

春夏秋冬綴雲行
思念心內的形影
清風傳達阮心聲
向望序大攏勇健

《浮動》創作背景：

陳潔民創作的臺語歌詩《浮動》，是因為讀著詩人康原《浮動：公佮孫的臺語詩畫》這本詩集，受著感動來創作這首歌詩，內底描寫康原的查某孫仔梁一念、梁一心出國離鄉的遊子鄉愁，閣有故鄉阿公阿媽思念孫仔的毋甘，透過優美的音樂，充滿感情的演唱，予人聽了足有共鳴，打動人的心肝。

國家圖書館出版品預行編目(CIP)資料

浮動：公佮孫的臺語詩畫/康原文字.梁一念繪圖 -- 初版. -- 臺中市：晨星出版有限公司, 2023.11
面；　公分. -- (晨星文學館；67)

ISBN 978-626-320-633-5(平裝)

863.51　　112015346

晨星文學館067

浮動：公佮孫的臺語詩畫

文　字	康　原
繪　圖	梁一念
朗　讀	康　原、陳潔民
原創配樂	陳潔民
主　編	徐惠雅
校　對	康　原、陳潔民、徐惠雅、陳正勳、徐子涵、尤慶堂
臺語審定	陳淑娟
美術編輯	初雨有限公司（ivy_design）
創辦人	陳銘民
發行所	晨星出版有限公司 407臺中市西屯區工業區三十路1號1樓 TEL：04-23595820 FAX：04-23550581 行政院新聞局局版台業字第2500號
法律顧問	陳思成律師
初　版	西元2023年10月30日
讀者專線	TEL：02-23672044／04-23595818#212 FAX：02-23635741／04-23595493 E-mail: service@morningstar.com.tw
網路書店	http://www.morningstar.com.tw
郵政劃撥	15060393（知己圖書股份有限公司）
印　刷	上好印刷股份有限公司

定價　420 元

ISBN 978-626-320-633-5
Published by Morning Star Publishing Inc.
Printed in Taiwan

＊榮獲112年度文化部「語言友善環境及創作應用補助」

線上回函